행복한 바보의 지혜로운 삶

행복한 바보의 지혜로운 삶

엮은이 | 조은향

펴낸이 | 최병섭
펴낸곳 | 이가출판사

초판발행 | 2005년 1월 3일

출판등록 | 1987년 11월 23일(제1-547호)
주　　소 | 서울시 마포구 합정동 368-54 대호빌딩 101호
대표전화 | 02)335-3767
팩시밀리 | 02)335-3768

잘못된 책은 바꿔드립니다.

ISBN | 89-7547-067-9 (03810)

행복한 바보의 지혜로운 삶

조은향

이가출판사

머릿글…

　지상 최초의 여자는 이브에 해당되는 판도라입니다. 그녀는 모든 악과 불행이 가득 차 있는 상자를 가지고 있었습니다. 그것은 절대로 열어 보면 안 되는 상자임에도 불구하고 그녀는 계명을 잊어버리고 호기심 때문에 그만 상자를 열어 보는 실수를 저질렀습니다. 그러자 그 상자에서 온갖 악이 이 세상으로 튀어나와 가난, 싸움, 분노, 배신, 질투, 시기가 온 세상에 퍼지게 되었습니다. 판도라는 혼이 나서 그 상자를 황급히 닫아 버렸습니다. 그 결과 상자 속에는 희망만이 남게 되었습니다.

　그리스 신화에 나오는 판도라 상자의 희망에 관한 이야기입니다. 판도라가 상자를 열게 되어 세상에는 악과 불행이 가득차 버렸지만 아직도 우리의 인생이 빛날 수 있는 건 판도라의 상자 속에 희망이 남아 있기 때문입니다.

　희망을 향해 한 걸음 앞으로 나아갈 때마다 사나운 파도와 모래바람이 우리를 가로막을 수도 있습니다. 고통과 좌절의 가시밭길이 나타나기도 합니다. 그러나 희망은 그 모든 것들을 극복하고 새로운 세계로 나아가도록 만드는 빛입니다.

　누구나 예외없이 버거운 삶을 강요받고 있는 지금, 모쪼록 이 책에 실린 짧은 이야기들이 읽는 이들로 하여금 다시 한 번 진지하게 삶의 의미를 확인하고 새로운 희망과 용기, 그리고 사랑을 회복할 수 있는 계기를 가질 수 있게 되기를 바랍니다.

1

지혜의 향기

2

희망의 향기

3

사랑의 향기

4

삶의 향기

이 세상은 나만 잘한다고 나만 똑똑하다고 잘 살 수는
없으며, 결코 혼자서는 살아갈 수 없습니다. 서로 한데
어울려 서로에게 도움이 되어주고 또 누군가에게 필
요한 존재가 되어줌으로써 뜻있는 인생의 열매를 얻
을 수 있는 것입니다.

1

지혜의 향기

눈동자 속의 모습

중국 최고의 화가 중에 한 사람이 역대 명화를 베끼는 것을 취미로 삼고 있었다. 명화를 소장한 사람들이 그 작품을 얼마나 잘 알고 있는 지 시험해보고 싶어서 시작한 일이었다.

화가는 명화를 소장한 사람에게 그림을 빌려 그것을 베낀 다음 돌려줄 때는 원화 대신에 모작을 건네주었다. 그러면 대부분의 소장가들은 가짜인 줄도 모르고 집으로 가지고 갔다. 하지만 원숭이도 나무에서 떨어지는 법, 그림의 대가라 불리는 대승의 그림을 모사했다가 크게 망신을 당하였다.

어느 날, 화가가 대승의 '소' 그림을 빌려 베낀 다음 모작을 주인에게 돌려주었다. 그런데 반나절이 지났을 무렵 그림의 주인이 씩씩거리며 돌아와 다짜고짜 멱살을 쥐고 흔들면서 소리를 질러댔다.

"이런 나쁜 놈! 내 진짜 그림을 내놓아라."

화가는 도대체 그림의 주인이 어떻게 가짜인 것을 알았는지 궁금하여 물었다.

"이놈아! 대승이 그린 소의 눈동자를 한 번 보아라. 그 속에 소를 끌고 가는 목동이 보이느냐?"

그제야 화가는 그림을 자세히 보았다. 그러자 과연 소의 눈동자에 소를 끌고 가는 목동이 있는 게 아닌가. 게다가 더 기가 막힌 것은 목동의 눈에도 소가 있다는 사실이었다.

* * *

나무는 봄이 되면 꽃과 잎이 피고, 여름이면 그 잎이 무성해지고, 가을이면 또 그 잎이 떨어지고, 겨울에는 그저 앙상한 빈 모습으로 서 있습니다. 그러나 이러한 나무의 모습은 사계절 동안 볼 수 있는 나무의 겉모습이지 결코 나무의 본모습이고는 할 수 없습니다.

그 무엇인지는 모르지만 겉모습이 아닌 다른 모습, 카메라로는 찍을 수 없는 그 어떤 모습…. 우리의 삶도 그러하리라 생각됩니다.

눈에 보이는 모습만이 아닌 그 너머의 다른 모습, 보이는 것뿐만이 아닌 또 다른 내면의 진실을 볼 수 있는 마음의 눈이 필요합니다. 그런 눈으로 세상을 바라볼 때 진실은 더욱더 우리의 가슴 속에서 열매를 맺을 것입니다.

죽음의 신

어떤 사람이 죽음의 신에게 찾아와 자신의 아들의 세례식에 참석해 달라고 부탁을 했다. 그 사람의 부탁을 들은 죽음의 신이 그 이유를 물었다. 그랬더니 그 사람은 주저하지 않고 이렇게 대답했다.

"저는 아이들이 일곱이나 되는데 그 동안 아이가 부자로 살게 해달라고 여러 신에게 세례를 부탁했었습니다. 그런데도 지금까지 여전히 이렇게 가난하게 살고 있습니다. 그래서 이번에는 죽음을 관장하는 당신에게 부탁을 하기로 마음먹었습니다. 왜냐하면 당신이 관장하는 죽음 앞에서는 가난한 사람도 부자도 모두 평등할 테니까 말이에요."

그 사람의 말을 들은 죽음의 신은 쾌히 승낙을 했다.

"그렇게 하도록 하지. 그 아이를 유명한 의사로 만들어 평생 부자로 살 수 있도록 해주겠다."

죽음의 신은 그 사람과 약속한 대로 아이의 세례식에 참석하여 아이에게 축복을 내려주었다. 세월이 흘러 그 아이는 젊고 훌륭한 의사로 성장했고, 어느 날 죽음의 신이 젊은이를 찾아와 이상한 약초를 건네주면서 말했다.

"약속한 대로 나는 너를 세상에서 가장 뛰어난 명의로 만들어 주겠다. 그 전에 나와 한 가지 약속을 해라. 네가 병자를 진찰할 때 내가 병자의 머리맡에 있으면 너는 병자에게 이 약초를 먹여도 좋다. 그렇지만 내가 병자의 발치에 있으면 그 병자는 가망이 없다. 그러니 너는 이 약초를 절대 먹여서는 안 된다. 만약 내 말을 따르지 않고 이 약초를 네 마음대로 먹였다가는 네가 큰일을 당한다는 것을 명심해라."

젊은이는 죽음의 신에게 그렇게 하겠다고 굳은 약속을 했고, 그는 곧 명의로 이름을 떨쳐 순식간에 큰 부자가 될 수 있었다.

그러던 어느 날, 그 나라의 왕이 병이 들어 그 젊은이를 궁궐로 불러들였다. 젊은이가 진찰을 하기 위해 왕 옆에

서자 죽음의 신이 나타나더니 왕의 발치로 걸어가 앉았다. 젊은이는 혼란스러웠다. 왕을 살리기만 한다면 지금과는 비교도 안 될 만큼의 부귀와 영화가 보장될 것이라는 생각이 들었기 때문이었다.

잠깐 깊은 생각에 빠져 있던 젊은이는 무언가 결심한 듯 갑자기 왕의 몸을 반대로 돌려 죽음의 신이 머리맡에 가 있도록 만든 다음 죽음의 신이 자리를 옮겨 앉을 겨를도 없이 신비의 약초를 먹여 왕을 살려내었다.

그 날 저녁, 죽음의 신이 젊은이를 찾아왔다.

"감히 네가 나를 속이다니⋯. 그렇지만 좋아, 이번 한번만은 용서해 주겠다. 하지만 또다시 그런 짓을 하면 네 목숨을 대신 가져갈 테니 명심해라!"

그 후 왕의 총애를 받게 된 젊은이는 출세 가도를 달렸다. 그런데 얼마 후 왕의 하나뿐인 공주가 병에 걸렸고, 왕은 누구든지 공주를 살리는 사람을 사위로 삼고 나라를 물려주겠다는 포고령을 내렸다.

젊은이는 다시 왕의 부름을 받아 궁궐로 들어갔다. 젊은이는 아름다운 공주의 남편이 될 꿈에 부풀어 천천히 공주의 곁으로 다가갔다. 그런데 이윽고 나타난 죽음의 신은 불행하게도 공주의 발치에 서 있었다.

그렇지만 이미 공주에게 마음을 빼앗겨버린 젊은이는 그전처럼 공주의 몸을 반대로 바꾸고는 신비의 약초를 먹였다. 약초를 먹은 공주는 금세 생기가 돌더니 이내 자리에서 일어났다.

죽음의 신은 싸늘한 표정으로 젊은이에게 말했다.

"이제 너는 약속대로 네 생명을 내놓아야 한다."

죽음의 신은 잘못했다고 용서를 비는 젊은이를 어두컴컴한 동굴로 끌고 갔다. 동굴 속에는 불을 켠 양초들이 숱하게 반짝거리고 있었다. 지금 막 불이 붙여진 듯한 양초가 있는가 하면, 불이 꺼져가는 양초도 있었고 양초들의 모양이나 크기가 제각각 달랐다.

죽음의 신이 음산한 목소리로 말했다.

"이 양초들은 바로 인간들의 생명의 불꽃이다. 지금 막 불이 켜진 새 양초는 방금 태어난 아이들의 것이고, 중간 길이는 너 같은 젊은이들의 것이지. 그리고 길이가 짧은 양초는 나이든 사람들의 것이다. 그렇지만 양초의 길이와는 상관없이 불꽃이 금방 꺼져버릴 때도 있지."

죽음의 신의 말을 들은 젊은이가 말했다.

"그렇다면 제 양초는 어떤 건가요?"

젊은이의 말에 죽음의 신이 한 양초를 가리켰다. 그 양초는 이제 가느다란 불씨만을 겨우 남겨놓고 있었다.

젊은이는 죽음의 신 앞에 무릎을 꿇고 애원했다.

"죽음의 신이시여! 제발 저를 불쌍히 여겨주십시오."

젊은이는 애처롭게 생명을 구걸했다. 그러나 죽음의 신은 싸늘한 미소를 머금으며 젊은이의 양초를 가져다 두 손으로 움켜쥐며 말했다.

"미안하지만 어쩔 수 없네. 나는 죽음의 신이지 새로운 생명을 잉태하는 신은 아니라네."

죽음의 신은 그렇게 말하며 소리 없이 양초의 불꽃을 입으로 불어 꺼버렸다.

✽ ✽ ✽

남과 싸워 이기기는 쉬운 일입니다. 그러나 자기 자신을 이기는 것은 가장 어려운 일입니다.

우리 마음은 선과 악의 싸움터요, 본능과 이성의 각축장입니다. 그래서 러시아의 문호 도스토예프스키도 인간의 마음을 가리켜 '신과 악마의 싸움터'라고 표현했습니다.

우리의 마음 속에서는 선한 자아와 악한 자아, 부지런한 자아와 게으른 자아, 용감한 자아와 비겁한 자아, 현명한 자아와 어리석은 자아가 끊임없이 싸움을 합니다. 그 싸움에서 어느 쪽 자아가 이기느냐에 따라 우리의 인격과 가치가 결정됩니다.

이러한 자기 자신과의 싸움은 일생동안 계속됩니다. 이것은 우리의 마음속에서 벌어지는 고요한 싸움이요, 우리 각자가 진실한 사람이 되기 위한 선한 싸움이요, 모든 인간이 죽는 날까지 싸워야 하는 만인의 싸움입니다.

독초의 싹

옛날 어느 나라에 어진 왕이 살고 있었다. 그런데 어찌된 일인지 하나밖에 없는 왕자가 성질이 고약하고 심술궂었기에 장차 왕의 자리를 어떻게 물려주어야 할지 왕은 걱정이 태산이었다.

왕은 그 나라에서 가장 어질고 현명하다는 현자를 불러 왕자의 못된 성격을 바로잡아 달라고 부탁하였다. 그런데 현자가 궁에 들어와서 하는 일이라고는 그저 한가로이 숲 속을 산책하는 일 뿐이어서 왕은 마음속으로 '현자도 별수 없군' 하고 별로 기대를 하지 않고 있었다.

그러던 어느 날, 현자는 이제 막 새싹이 돋아나기 시작하는 풀 한 포기를 왕자에게 가리키며 그 새싹을 조금 씹어보라고 하였다. 왕자는 현자의 말대로 그 풀의 싹을 조금 뜯어 맛을 보다가 이내 뱉어 버리고는 뿌리째 뽑아버렸다.

"선생님, 이것은 독초입니다. 이제 막 올라오는 새싹에도 이 정도의 독이 들어 있다면 이 풀이 다 자라면 얼마나 많은 사람을 죽이겠습니까."

그러자 현자가 조용히 말했다.

"왕자님, 왕자님께서는 이 독초를 조금 맛보시고 뿌리째 뽑아 멀리 던져 버리셨는데, 만약 백성들이 왕자님을 이 독초와 같다고 여긴다면 어찌되겠습니까?"

왕자는 지금까지 자기가 행해 온 지난 일들을 떠올려 보며 생각에 잠기더니 말했다.

"그렇군요. 제가 저 독초를 뿌리째 뽑아 멀리 버렸듯이 우리 백성들도 저를 당장 없애 버리겠군요."

＊ ＊ ＊

사람이 불행하게 되거나 잘못된 길로 접어들어 인생을 망치게 되는 이유는 사람의 눈 때문입니다. 자신의 눈으로는 자신의 얼굴을 볼 수 없기 때문에 길가의 꽃은 자세히 알고 들판의 곡식이 자라나는 모습은 정확히 파악하고 있으면서도 자신이 성장하고 걸어가는 모습은 보지 못합니다. 결국 세상의 모든 것은 알면서도 자기 자신에 대해서는 아무 것도 모르게 되는 것입니다. 그러나 세상의 이치는 간단합니다. 주변의 사물을 자세히 살펴보면 바로 거기에 자신의 모습과 미래가 나타나게 되는 것입니다. 현자와 우매한 사람의 차이가 바로 그것입니다.

광산의 하얀꽃

깊은 산골에 있는 광산촌에 어느 한 젊은 기자가 취재를 오게 되었다. 기자는 이것저것 기사를 쓰기 위해 광산촌을 돌아다니다가 한 광부의 안내를 받아 직접 갱 속을 구경하게 되었다.

머리에 안전모를 쓰고 지하 철로를 따라 한참을 갱 속으로 들어간 젊은 기자는 연신 플래시를 터뜨리며 사진을 찍어대느라 정신이 없었다.

그러나 점차 갱 속 깊숙이 들어갈수록 숨도 제대로 쉴수 없을 정도로 답답했으며 주위는 이루 말할 수 없이 어둡고 황량했다. 주위는 온통 검은 석탄 덩어리여서 플래시가 터질 때마다 검은 석탄 가루가 풀풀 날렸다. 마침내 갱 속의 제일 깊은 곳에 다다른 젊은 기자는 얼른 사진을 마저 찍고 밖으로 나가고 싶은 생각에 일하고 있는 광부들을 향해 재빨리 플래시를 두세 번 터뜨리곤 곧 돌아갈 준비를 했다.

그런데 광부들 중 제법 나이가 들어 보이는 한 광부가 그 기자에게 가까이 다가오더니 손가락으로 구석진 곳을 가리켰다. 젊은 기자는 영문도 모른 채 무심코 눈을 돌려 그 광부가 가리키는 곳을 바라보았는데 그곳에는 놀랍게도 작고 하얀 꽃이 두세 송이씩 무리를 지어 피어있었다.

'아니 이토록 어둡고 지저분한 곳에 저렇게 예쁜 꽃이 피어있다니!'

젊은 기자가 연신 감탄하며 정신 없이 셔터를 누르고 있을 때 그 광부가 손에 석탄 가루를 한 움큼 쥐고 하얀 꽃 위에 살며시 뿌렸다. 그런데 놀랍게도 시커먼 석탄 가루는 맑디맑은 하얀 꽃을 조금도 더럽히지 않고 꽃잎 사이로 스르르 흘러내렸다.

그 날 광산촌을 취재하고 돌아간 젊은 기자가 며칠 후에 신문에 쓴 기사는 이렇게 시작되고 있었다.

《깨끗함이란 바로 더러움에서 비롯된다는 사실을 여러분은 아십니까?》

＊ ＊ ＊

　다이아몬드가 꽃밭 속에 있다고 생각하는 사람들은 아름다운 꽃밭으로 다이아몬드를 찾으러 갑니다. 그러나 다이아몬드는 진흙 속에 있습니다. 게다가 몇 톤이나 되는 진흙 속에 하나 있을까 말까할 정도로 적은 양만이 존재합니다. 몇 톤이나 되는 진흙을 소쿠리로 걸러서 겨우 하나의 다이아몬드 원석을 볼 수 있습니다.

꼬리를 무는 생각

몇 해 동안 계속하여 스승의 시중을 들고 있는 사람이 있었다. 그러나 그에게는 감춰진 동기가 있었다. 그는 스승으로부터 기적을 일으킬 수 있는 비법을 배우고자 했던 것이다. 그래서 그는 매일 같이 스승의 시중을 들고 있었지만 차마 그 동기를 입 밖으로 낼 수가 없었다.

어느 날 스승이 그에게 물었다.

"이제는 네 마음속의 말을 털어놓도록 하여라. 네가 진정으로 바라는 것이 무엇이냐?"

그는 이런 기회를 기다리고 있던 참이라 서슴없이 말했다.

"저는 기적을 일으키는 스승님의 비법을 알고 싶습니다."

스승이 대답했다.

"그렇다면 무엇 때문에 진작 말하지 않았느냐. 지금까지의 수고로움을 하지 않아도 되었을 것을. 기적을 일으키는 비법은 참으로 간단하다. 자, 여기에 그 비밀이 있다."

스승은 종이 위에 주문을 적었다. 단 세 줄밖에 안 되는 간단한 내용이었다. 스승은 그에게 종이를 건네주며 말을 이었다.

"이 주문을 다섯 번만 외우면 된다. 다만 한 가지 조건이 있다. 주문을 외우기 전에 목욕을 하고 문을 걸어 잠근 다음 조용히 앉아라. 하지만 주문을 외우는 동안 절대로 원숭이에 대해 생각해서는 안 된다."

"제가 무엇 때문에 원숭이를 생각하겠습니까? 저는 오늘날까지 단 한 번도 원숭이를 생각해 본적이 없습니다."

그는 그 길로 집으로 달려갔다. 그런데 집으로 달려가면서 점점 당황하기 시작했다. 그의 머리 속에 원숭이들이 하나 둘 나타나기 시작하더니 온통 원숭이 생각으로 가득 차버리고 말았다.

"어찌 된 일이람."

사실 그는 원숭이 외에는 다른 아무것도 생각할 수가 없

27

었다. 집으로 돌아와 목욕을 마치고 문을 걸어 잠그고 주문을 외우는 동안에도 원숭이 생각이 머리 속에서 떠나지 않았다. 그는 도무지 이해할 수가 없었다. 그는 밤을 꼬박 새우며 원숭이 생각을 쫓아 버리려고 애를 썼지만 실패하고 말았다.

날이 밝자 그는 스승에게 달려갔다.

"이 주문 때문에 미칠 지경입니다. 이제 기적 같은 것은 조금도 원하지 않습니다. 다만 이 원숭이떼만 쫓아 주십시오."

＊　＊　＊

인간은 수천 년간 부적을 지니는 습관이 있어왔습니다.

원시인들이 호랑이의 이빨을 다는 것은 짐승의 힘을 얻으려는 것이며, 유럽인들은 행운을 위해 문에 말편자를 달아놓습니다. 시계 줄에 행운의 부적을 달기도 합니다.

스위스에서는 남자가 눈에 병이 감염되지 않게 하기 위해 조그만 금귀고리를 하고, 운전기사는 차안에 마스코트를 걸기도 합니다. 반면에 조종사는 개나 고양이 같은 작은 동물을 싣고 다니기도 합니다.

이같은 모습들이 인간의 약한 모습들입니다.

28

연꽃 향기 도둑

눈병에 걸린 수도자가 의사를 찾아갔다.

"연꽃 향기를 눈에 쏘이면 곧 나을 것입니다."

수도자는 그 즉시 연못으로 가서 연꽃 봉오리에 눈을 댄 채 향기를 쏘이다가 자신도 모르게 그 향에 이끌려 코를 대고 향기를 맡고 있었다.

'아! 정말 향기가 좋구나.'

그때 연못 속에서 한 노인이 솟아올라 그를 향해 소리쳤다.

"야! 이 도둑놈아!"

"왜 저더러 도둑놈이라고 하십니까? 연꽃을 꺾은 것도 아닌데."

그 사이에 한 남자가 연못으로 가까이 오더니 연꽃 줄기를 꺾어서 한 다발이나 가지고 가는 것이었다. 그런데도 노인은 아무 말도 하지 않고 그저 쳐다보기만 할 뿐이었다. 수도자는 은근히 화가 났다.

"아니, 저는 향기만 조금 맡았을 뿐인데도 도둑이라고 하시더니 저렇게 연꽃을 한 다발이나 꺾어 가는 사람에게는 왜 아무 말도 하지 않습니까?"

연못의 노인이 대답했다.

"세간의 사람들이야 악한 일을 저지른다고 할지라도 그대는 선을 깨우치는 자가 아니더냐!"

✳ ✳ ✳

거울에 먼지가 앉으면 거울이 흐려져서 사물이 잘 보이지 않습니다. 마찬가지로 우리의 마음에 욕심과 추악한 생각이 생기면 마음이 혼탁해집니다. 우리는 추악하고 혼탁해진 마음을 깨끗이 세탁하고 정화해야 합니다.

몸을 씻고 옷을 빨아 입는 것도 중요하지만 마음을 목욕하고 마음을 세탁하는 것은 더욱 중요합니다. 이것이 곧 수심(修心)인 것입니다.

천사의 봉사

한 천사가 하느님을 찾아가 항의를 하였다.

"저희 천사들은 밤낮으로 인간들을 위해 봉사하는데, 왜 인간들은 갈수록 악해지는 것입니까? 그들은 혼자 잘 살기 위해 아무 죄도 없는 남을 흉보고 허물어뜨립니다. 도대체 저희가 그런 인간을 위해 밤낮으로 열심히 일하는 까닭을 모르겠습니다."

천사의 항의에 하느님이 한 가지 제안을 했다.

"좋다, 그렇다면 너를 인간으로 만들어주겠다. 네가 가서 인간의 삶을 똑같이 체험하고 그들이 왜 그러는지 그 이유를 알아보고 오너라."

그리하여 하느님은 그 천사를 인간으로 만들어 지상으로 내려보냈다. 인간으로 변한 천사는 땅으로 내려가자마자 배가 고파 먹을 것을 찾아 헤매다가 포도나무를 발견하곤 정신 없이 포도를 따먹기 시작했다. 포도맛은 기가 막히게 좋았다.

배가 부른 천사는 콧노래를 부르며 혼잣말을 하였다.

"인간들이 사는 세상도 그리 나쁘지만은 않은걸. 이렇게 맛있는 포도를 매일 먹는 인간들은 아예 식욕이라는 것을 모르는 우리 천사들보다 훨씬 더 행복할거야."

그렇게 말하는 천사 옆으로 아름다운 마을처녀가 지나가게 되었다.

처녀의 미모에 첫눈에 반한 천사는 곧 그녀를 가까이하게 되었고 마침내 둘은 결혼을 하게 되었다.

얼마 안 가서 귀여운 아기가 태어나자 천사의 기쁨은 극에 달했다. 세상에 부러울 것이 없다고 생각한 천사는 인간의 삶을 선택한 것이 너무나 잘한 일이라고 스스로를 대견하게 여기기까지 했다. 그러나 점차 시간이 흘러 아이수가 늘어날수록 더 많은 돈이 필요하게 되었고, 천사는 힘든 노동을 하지 않으면 안 되었다. 너무나 사랑스러웠던 아내는 매일 잔소리만 하였고, 귀여운 아이들은 커갈수록 말을 듣지 않고 제멋대로 행동하기 일쑤였다.

그뿐만이 아니었다. 오랫동안 친하게 지냈던 사람이 자신의 이익을 위해 배신을 하고, 그런 사람들에게 시달리다 보니 천사도 점점 착한 마음을 잃어버리고 때로 거짓말도 서슴지 않게 되었다.

천사는 그렇게 변해 가는 자신의 모습에 경멸을 느끼면서도 어쩔 수 없다고 스스로를 위로하곤 하였다. 그러나 그러면 그럴수록 인간의 삶에 대한 불만이 더욱 심해질 뿐이었다.

그러던 어느 날, 천사는 하느님의 부름을 받았다. 그도 어쩔 수 없는 인간의 몸이었기에 드디어 죽음에 이른 것이다.

하느님은 천사를 불러 물었다.

"그래, 인간의 삶이 어떠하더냐?"

그러나 천사는 부끄러움에 고개를 숙일 뿐 아무 말도 하지 못했다.

* * *

　고통에 패인 주름살 얼굴로 슬픔에 빠져 있던 한 여인이 가슴을 치며 통곡하며 말했습니다.

　"나에게는 왜 이토록 아픈 일만 가득하단 말인가! 이런 운명이라면 차라리 인간으로 태어나지 않았다면 얼마나 좋았을까!"

　옆에서 그 소리를 듣고 있던 한 여인이 조용히 말했습니다.

　"당신은 아직 완전하게 태어난 것이 아니랍니다. 지금도 하느님께서는 당신을 만들어 가는 중이랍니다."

기도

폭풍우 때문에 배가 난파되어 무인도로 떠내려왔다. 간신히 살아남은 두 사람은 어떻게 살아나갈까 궁리하던 끝에 먼저 하느님께 기도를 드리기로 하였다.

그들은 하느님이 누구의 기도를 먼저 들어주는지 알고 싶어서 각각 섬의 양쪽 끝에 자리를 잡고 앉아 기도를 시작했다.

오른쪽 끝에 있던 사람이 먹을 것을 달라고 하자 곧 소원대로 이루어졌다. 하지만 왼쪽 끝에서 기도를 하던 사람에게는 아무런 변화가 생기지 않았다.

오른쪽에 있던 사람이 마지막으로 섬을 벗어나도록 배

행복한 바보님의 지혜로운 삶

35

를 한 척 달라고 기도하자 잠시후에 배 한 척이 파도에 밀려왔다. 그는 왼쪽에서 기도를 하고 있던 사람의 기도에 아무 반응이 없는 것을 보고 그는 구할 가치도 없는 사람이라고 생각하고 그를 남겨두고 섬을 빠져 나왔다. 그때 하늘에서 소리가 들려왔다.

"왜 함께 떠나지 않고 혼자만 가려고 하느냐!"

"제가 기도를 해서 얻은 축복이니까 당연히 제 마음대로 할 수 있는 거 아닌가요?"

하늘에서 꾸짖는 소리가 들려왔다.

"너무하는구나. 그의 기도가 없었다면 애초에 너의 기도는 이루어지지도 않았을 것이다."

그는 화가 나서 물었다.

"도대체 저 사람이 무슨 기도를 했기에 나의 축복이 모두 저 사람 때문이라고 하시는 겁니까?"

"그는 너의 기도가 모두 이루어지게 해달라고 간절히 기도했느니라."

＊　＊　＊

　이 세상은 나만 잘한다고 나만 똑똑하다고 잘 살 수는 없으며, 결코 혼자서는 살아갈 수 없습니다. 서로 한데 어울려 서로에게 도움이 되어주고 또 누군가에게 필요한 존재가 되어줌으로써 뜻 있는 인생의 열매를 얻을 수 있는 것입니다.

어머니가 된 바다

태초의 어느 날, 계곡과 우물과 강과 바다, 이렇게 네 형제가 하느님 앞에 나아갔다. 하느님께서 말씀하셨다.

"너희들 넷에게 생명의 원천인 물을 담아내게 하겠다. 너희들의 소원을 말해 보아라."

맨 먼저 막내인 계곡이 나섰다.

"저는 가장 높은 곳에 있게 해주세요. 산 위에 있으면 나무가 많아서 외롭지 않고 새소리도 들을 수 있죠. 그리고 산 아래로 갈수록 물도 많이 오염되니 저는 산 위에 있을래요."

둘째인 새침떼기 우물이 말했다.

"저는 흐르는 물은 싫어요. 형제들로부터 물을 받아 담고 싶지도 않아요. 제 안에 가득 차 있는 물을 필요한 사람들에게 나누어 주고 싶어요."

셋째인 뽐내기 좋아하는 강이 말했다.

"저는 아주 넓게 만들어 주세요. 다리를 건설하지 않고서는 저를 건너지 못할 정도가 되어 모든 사람이 저의 위대함을 알게 하고 싶어요."

장남인 바다가 말했다.

"글쎄요… 동생들이 자리를 모두 차지해서 땅에는 자리가 없네요. 산자락은 막내인 계곡이, 땅속은 우물이, 그리고 경치 좋은 대지 옆은 셋째인 강이 차지했으니, 제 자리는 하느님께서 마련해 주세요."

그러자 하느님은 흐뭇한 미소를 지으며 말씀하셨다.

"자리가 하나밖에 남지 않았구나! 이 세상에서 가장 낮은 곳인데 괜찮겠니?"

"네!"

그래서 바다는 가장 낮은 곳에 자리를 잡았다.

하느님은 네 형제 모두에게 물을 부어 주셨다. 계곡은 맑은 물을 처음으로 받는 은총을, 우물은 여름에도 시원한 물을 공급해 주는 능력을 갖게 되었다. 강에 물이 차 사람들이 둑을 쌓기 시작하자 강은 자랑스러워하며 어깨를 으쓱했다. 그러나 바다는 아무것도 자랑할 것이 없었다. 가장 낮은 곳에 있었으므로 세상의 모든 더러운 물이 모였다. 그래도 바다는 쉬지 않고 그것들을 걸러내어 깨끗하게 정화했다.

얼마 뒤 엄청난 가뭄이 왔다. 계곡은 마르고 마침내 바닥까지 드러나고 말았다. 우물도 후회하기 시작했다. 사람들은 물이 없어지자 자신의 가슴을 삽과 곡괭이로 계속 파내려갔고 그는 계속해서 자신을 비워야 했다. 그러나 한계가 있었고, 물이 다 떨어지자 남은 것은 깊게 구멍난 가슴뿐이었다. 우물가의 소담스런 이야기소리도 더운 여름날의 시원한 우물물에 대한 칭찬도 이젠 더 이상 들리지 않았다.

강 역시 말라버렸다. 강 위에 놓인 다리도 더 이상 위대해 보이지 않았다. 다리가 없어도 얼마든지 강을 건널 수 있었기 때문이었다. 시간이 지나자 그는 길이라는 새로운 친구에게 자리를 내어 주었다. 그러나 바다는 변하지 않았다. 가뭄이 들어도 바다는 늘 물이 가득했다. 하지만 바다는 동생들이 불행해지는 것을 보다 못해 눈물을 흘리며 하느님께 기도를 하였다. 바다가 뜨겁게 울자 바닷물이 모두 수증기가 되어 하늘에 올라 하얀 구름이 되었다. 그리고 그 구름은 다시 비가 되어 형제들에게 넘치는 물이 되어주었다.

계곡과 강과 우물은 하느님께 물었다.

"왜 바다는 마르지 않았나요?"

"응, 바다는 세상에서 가장 낮은 곳에 있기 때문에 모든 물들이 그곳으로 자연스럽게 모이게 된단다. 더러워진 물들이 쉬며 치료도 받고 사랑도 받을 수 있는 곳, 바다는 가장 낮은 곳에 있기에 모든 물을 담아내고 돌봐주고 정화해 주는 어머니와 같은 존재란다."

* * *

단단한 돌은 높은 곳에서 떨어뜨리면 깨어지기 쉽습니다. 그러나 물은 아무리 높은 곳에서 떨어뜨려도 깨지는 법이 없습니다. 물은 부드럽고 연하기 때문이지요. 저 골짜기에 흐르는 물을 보십시오. 장애물이 있어도 스스로 굽히고 적용함으로써 줄기차게 흘러 드디어는 바다에 이릅니다.

사람도 적용하는 힘이 부드러워야 장애물이 있더라도 쉽게 넘어갈 수 있는 법이랍니다. 세상을 살다보면 때로는 강하게, 그러나 때로는 양보와 겸양으로 굽힐 줄도 아는 마음의 자세가 필요하답니다.

기쁜 추억

외동딸을 키우며 사는 노부부가 있었다. 하늘이
정해 준 그 딸만이 유일한 자식이었기에 노부부의 딸에 대
한 사랑은 아주 극진했다.

곱슬머리 금발인 딸은 햇살을 받으며 마당에서 뛰어다
니고 저녁이면 따뜻한 난롯가에서 춤솜씨를 자랑하였다.
노부부는 딸이 없다면 단 한시도 살 수 없을 것만 같았다.

해마다 딸의 생일이 되면 아버지는 들로 나가 딸이 제일
좋아하는 꽃을 한아름 따서 작은 오두막을 궁궐처럼 꾸며
주었고, 어머니는 딸이 제일 좋아하는 음식을 차려 주었다.

그들은 '세상에서 우리가 가장 행복한 사람일거야' 하는

마음으로 하루하루를 보낼 수 있었다. 그렇게 세월은 흘러 딸이 열 여섯 살이 되었다. 딸은 너무도 예쁘고 사랑스러웠다.

어느 날, 머나먼 곳에 있는 왕자가 고국으로 돌아가는 길에 우연히 마을을 지나가다가 노부부의 외동딸을 보고 사랑에 빠지고 말았다. 왕자는 노부부에게 찾아와 딸을 달라고 청하였다. 노부부는 딸이 행복해지는 일이라면 그 어떤 것도 거절할 수 없었지만 딸 없이는 하루도 살아갈 수 있을 것 같지가 않았다. 노부부는 딸에게 마을 청년과 결혼하는 것이 어떻겠느냐고 물었지만 딸은 이미 왕자를 따라 떠나기로 마음을 굳히고 있었다.

딸과 노부부는 서로 끌어안고 울었고, 왕자는 딸을 마차에 태우고 머나먼 길을 떠나갔다.

해가 바뀌고 또 바뀌어도 딸의 소식은 들려 오지 않았다. 노부부는 딸을 그리워하는 마음 때문에 몸과 마음이 병들어갔다. 그러다가 노인이 몸져누웠다. 마을 의사가 찾아와 약을 지어 주었지만 소용이 없었다.

쓸쓸하고 우울한 생활이 이어지고 있었지만 무심한 세월은 흘러 드디어 딸의 생일이 다가오고 있었다. 딸의 생일이 다가오면 노부부는 더욱 커다란 슬픔에 빠져들곤 했기에 이제는 딸의 생일이 다가오는 것이 두렵기까지 했다.

딸의 생일이 내일로 다가온 어느 날, 부인은 문득 좋은 생각이 들었다.

오랫동안 수리하지 않고 살았던 오두막을 고치고 청소도 하였고 들로 나가서 꽃을 꺾어 오고 빵을 굽기 시작하였다.

"아니, 그 아이도 없는데 무슨 꽃이야?"

"지금까지 우리는 아이를 잃은 슬픈 생각만 하며 살아왔어요. 그런데 그 시간보다 더 길었던 기쁜 추억들을 왜 생각하지 않았을까요? 이제부터는 그 아이와 함께 누렸던 큰 기쁨만 생각하며 지내기로 해요."

* * *

우리는 불행해서 우울하고 슬픈 것이 아니고 우울하고 슬프기 때문에 불행한 것입니다. 괴롭게 생각하기 시작하면 모든 것이 다 괴로워지고 슬프게 생각하면 인생사 모두가 슬프게 변하기 마련입니다. 괴로움과 슬픔의 이유는 어디서나 찾을 수 있습니다.

그러나 우리의 인생을 그렇게 살 수 만은 없는 일임을 깨달아야만 합니다. 그리고 나서 먼저 마음의 반대편에 자리하고 있는 기쁨을 만들 수 있는 그 마음을 불러들여 가슴 한복판에 앉혀야 합니다.

하느님을 향한 도전

한 무신론자가 길거리에 군중들을 모아 놓고 하늘을 향해 이렇게 빈정대며 소리를 쳤다.

"만일 하느님이 있다면 나를 5분 안에 죽여보시오. 만약 5분 안에 나를 죽이지 못하면 하느님은 없는 것이오."

군중들은 술렁대기 시작했다. 그리고 무슨 일이 일어나나 잔뜩 긴장해서 지켜보고 있었다. 이윽고 5분이 지났으나 아무 일도 일어나지 않았다. 그러자 그 무신론자는 기가 살아서 군중을 향해 이렇게 외쳤다.

"이것 보시오. 하느님은 없소. 있다면 왜 나를 죽이지 않았겠소?"

그때 한 노부인이 조용히 그에게 다가왔다.

"당신에게도 자식이 있나요?"

무신론자는 아들이 하나 있다고 대답했다.

"만일 당신 아들이 칼을 당신 손에 쥐어주면서 5분 안에 자기를 죽여달라고 한다면 당신은 어떻게 하겠습니까?"

그는 성이 난 듯 씩씩거리며 말했다.

"도대체 무슨 소리를 하는 거요? 내 아들이 얼마나 소중한데 왜 내가 아들을 죽이겠소?"

그 말을 들은 부인은 이렇게 말했다.

"마찬가지예요. 세상에 어떤 부모가 아들이 죽여 달라고 한다고 죽이겠어요? 하느님 역시 당신을 너무 사랑하고 계십니다. 그래서 당신의 뚱딴지같은 도전을 받아들이지 않으신 거랍니다. 당신이 너무 불쌍해서 당신을 그저 아픈 마음으로 바라보실 뿐이랍니다."

"……"

거리의 술렁거림은 물을 끼얹은 듯 한순간에 내려앉았다.

* * *

　한밤중에 정원에서 하느님이 한 손에 등불을 들고 다른 손으로는 문을 두드리는 헌트의 〈이 세상의 빛〉이라는 그림이 전시되었을 때, 그의 친구가 그림 속에서 잘못된 것을 발견하고는 말했습니다.

　"이봐, 헌트! 그 문에는 손잡이가 없지 않은가?"

　그 말에 헌트가 대답했습니다.

　"그건 제대로 된 거라네. 보다시피 그것은 인간의 마음에 이르는 문이거든. 그러니까 그 문은 안에서부터 열려야만 하는 것이라네."

47

동그라미

가을날이었다. 마당에 서 있는 오래된 은행나무 한 그루가 바람에 흔들리며 노란 잎들을 땅에 떨어뜨리고 있었다.

대청마루에 앉아 그 광경을 물끄러미 바라보던 늙은 현자는 문득 자신의 생애도 이제 끝날 때가 되었음을 깨달았다. 늙은 현자는 깊은 주름살의 골을 더욱 깊게 만들며 이런 생각을 했다.

'이제 내 뒤를 이을 후계자를 결정해야만 하겠구나.'

늙은 현자는 제자들을 모두 마당에 모이도록 한 후 한 제자에게 마당에 동그라미를 그리라고 지시한 뒤에 이렇게 말했다.

"흉기를 든 사람이 너희들에게 이렇게 말했다고 생각해 보아라. '지금 너희들은 저 동그라미 속에 들어가도 죽고 동그라미 밖에 그대로 머물러 있어도 죽는다.' 자, 그렇다면 너희들은 어떻게 해야 목숨을 부지할 수 있겠느냐?"

제자들은 어리둥절한 표정으로 서로의 얼굴을 멀뚱멀뚱 쳐다보며 스승의 말속에 담긴 의미를 캐내려고 한참을 생각했다. 얼마 후 한 제자가 말했다.

"혹시 금을 밟고 있으면 안 될까요?"

"물이 담긴 항아리가 물 속에 있으면 그 항아리의 안도 물이요 밖도 물이거늘 그런데 금이 어디 있느냐."

해가 질 때까지 제자들은 스승이 말한 의미를 캐내려고 전전긍긍하였다. 늙은 현자는 가부좌를 틀고 앉아서 붉어지는 하늘의 한 쪽만 지그시 바라보고 있었다.

그때 평소에는 눈에 잘 띄지 않던 제자가 걸어 나오더니 마당의 동그라미를 두 손으로 쓱쓱 지워버리고는 스승의 얼굴을 바라보았다.

현자는 그 모습을 물끄러미 바라보면서 흡족한 듯 고개를 끄덕였다.

* * *

    가장 무서운 것은 자신의 고정관념입니다. 우리가 불행에 빠지는 이유는 대부분 우리가 지니고 있는 고정관념 때문입니다. 어려운 문제를 만나 고뇌하고 있다면 자신의 발밑을 한번 눈여겨보십시오. 해법은 의외로 가까운 곳에, 바로 자신에게서 발견될지도 모르니까요.

물통이 주는 사랑

오랫동안 비가 내리지 않았다. 봄에 공들여
심어 새순이 돋기 시작한 작물들이 뜨거운 햇볕을 받아 말
라가고 있었다. 그것을 지켜볼 수밖에 없던 마을 사람들은
걱정이 이만저만이 아니었다. 마을 사람들은 한 자리에 모
여서 비를 내려달라고 기도하였다.

얼마 동안을 열심히 기도하자 하늘이 열리면서 천사들
이 내려왔다. 그런데 천사들은 저마다 물통을 들고 있었
다. 가뭄을 해결시킬 수 있는 비를 내려달라고 기도하던
마을 사람들은 도무지 이해할 수가 없었다.

"저희들의 기도를 잘못 들으신 것 같습니다. 저희들은

행복한 바보의 지혜로운 삶

51

비를 내려달라고 기도를 드렸지 물통을 바란 것이 아니었습니다."

천사가 대답하였다.

"착오는 없습니다. 하느님께서는 여러분의 기도를 들으시고 여러분의 믿음을 크게 기뻐하셨습니다."

"그렇다면 이 물통들은 대체 무엇입니까?"

"여러분을 사랑하시기 때문에 비를 내리는 대신에 여러분이 스스로 강에서 물을 길어서 작물에 물을 줄 수 있도록 물통을 내리신 것입니다."

* * *

하루 종일 앉아서 기도만 해서는 안 됩니다. 생각은 행동의 대용품이 아니기 때문에 생각만 하고 게으름을 피우거나 사고한 일에 신경을 쓰지 않는다면 아무런 효과도 거두지 못합니다. '구멍이 뚫린 양동이에 물을 넣고 양동이가 새지 않도록 해주세요.'라고 기도만 한다면 어떻게 될까요. 기도는 신의 지혜를 얻기 위한 방편에 불과합니다. 기도에서 얻은 신의 지혜로 실천을 해야 비로소 양동이에 물이 고이게 될 것입니다.

깨달음의 차이

두 남자가 랍비를 찾아와 상담을 청하였다.

한 사람은 그 마을에서 제일 가는 부자이고, 또 한 사람은 매우 가난한 사람이었다. 두 사람은 대기실에서 기다리게 되었는데, 갑부가 먼저 랍비의 방으로 안내되었다. 한 시간쯤 지나 부자는 방에서 나왔다. 가난한 사람이 그 다음으로 랍비의 방으로 들어갔다. 그러나 랍비와의 상담이 5분만에 끝나자 가난한 남자는 화가 났다.

'누구는 한 시간씩 상담해 주고 나는 겨우 5분이라니!'

가난한 남자는 랍비에게 항의했다.

"랍비님! 아까 그 부자가 찾아왔을 때 당신께서는 한 시간이나 상담을 해 주셨습니다. 그런데 저는 5분밖에 상담을 안 해주셨습니다. 정말이지 불공평하십니다."

그러자 랍비는 바로 대답해주었다.

"당신의 경우에는 가난하다는 것을 바로 알고 있었소. 하지만 저 부자의 경우에는 자신의 마음이 가난하다는 것을 알아차리기까지 한 시간이나 걸렸다오."

✳ ✳ ✳

모든 인간은 빈손으로 세상에 옵니다. 그리고 결국은 빈손으로 세상을 떠납니다. 이점을 깨달았을 때 모든 사람은 풍요롭게 살 수 있습니다.

좋아한다는 말

한 노신사가 이따금 골동품 가게에 들러 고가구를 사곤 하였다. 하루는 그가 왔다 간 뒤 골동품 상인의 아내가 말했다.

"저 분이 다녀가면 참 기분이 좋아요. 이 얘기를 언젠가는 저분에게 꼭 해 드리고 싶어요."

남편이 말했다.

"다음 번에 그 분이 들르면 직접 그렇게 말해 줍시다."

얼마 뒤 한 젊은 여자가 골동품 가게에 찾아와 자신이 그 노신사의 딸이라고 하였다. 그리고 얼마 전에 아버지가 세상을 떠났다는 것이었다. 골동품 상인의 아내는 그 노신사가 지난번 마지막으로 가게에 왔다 갔을 때 남편과 자기가 나눈 이야기를 그녀에게 들려주었다. 여자는 두 눈에 눈물을 글썽이며 말했다.

"아버지가 그 말을 직접 들었더라면 얼마나 기뻐하셨을까요. 누군가가 자기를 좋아한다는 사실을 알고서 눈을 감으셨더라면 무척 행복하셨을 거예요."

그날 이후로 골동품 가게의 부부는 어떤 사람에 대해 좋은 인상을 받으면 그 자리에서 본인에게 그것을 말해주었다. 다시는 그럴 기회가 없을지도 모른다는 생각 때문이었다.

✻ ✻ ✻

사랑과 관심, 그것은 우리가 살아가는 동안 우리들을 행복하게 해줍니다. 가족이나 이웃들에 대한 우리의 따스한 관심 또한 우리들 모두에게 더 큰사랑을 안고 되돌아온다는 것을 우리는 압니다. 우리가 표현하는 하나하나의 사랑스런 말과 행위는 우리 자신뿐만 아니라 다른 사람들의 가슴속에서도 기쁨으로 남을 것입니다. 사랑을 줄 때 주저하지 마십시오.

두부한모

"바로 집으로 가고 싶겠지만, 조금만 참으
세요."

"아냐, 나도 당신 생각이 옳다고 생각해. 너무 마음쓰지
말아요."

늦은 밤, 인적이 한산한 거리에서 택시에 오른 40대 남
녀의 대화를 듣던 택시 기사는 두 사람이 주고받는 대화가
심상치 않다는 생각을 하며 룸미러를 통해 두 사람을 살펴
보았다.

처음 택시에 올라 가까운 호텔로 가자고 했을 때만 하더
라도 그렇고 그런 사이라고 생각을 했지만 그들이 나누는

57

대화를 듣자 생각이 달라지기 시작했기 때문이다.

'부부 같은데…, 그런데 왜 집으로 가지 않고 호텔을 찾는 거지?'

여자는 깔끔한 차림이었지만 남자는 초췌한 얼굴에 초라한 옷차림이었다. 게다가 남자는 큰 가방을 들고 있었다.

"꼭 5년만이군. 그동안 아이들은 많이 자랐겠지?"

남자가 한숨을 쉬며 말했다.

"네, 두 아이 모두 이제 중학생이 되었어요. 당신은 지금까지 유럽에서 5년 동안 공부를 하고 오는 거예요. 잊지 마세요. 호텔에 도착하면 우선 따뜻한 물로 목욕을 하고 푹 주무세요. 제가 아침 일찍 나가 당신이 입을 옷을 사올게요. 그리고 같이 나가서 아이들에게 줄 선물을 사고 공항으로 가면 되는 거예요."

그러자 남편은 아내의 손을 꼭 잡고 고개를 끄덕였다.

바로 그 순간, 갑자기 택시가 멈추더니 운전기사가 문을 열고 밖으로 나갔다. 부부는 갑작스러운 일에 깜짝 놀랐다.

"아직 호텔에 도착도 하지 않았는데, 도대체 무슨 일이지?"

주위를 돌아보던 부부는 근처 가게에서 나오는 운전기

사를 발견할 수 있었다. 가게에서 봉지를 들고 나온 택시 기사가 자동차로 돌아오더니 조용히 봉지를 부부에게 내밀었다.

"죄송합니다. 조금만 더 가면 호텔이지만, 호텔에 도착하면 이걸 구할 수 없을 거란 생각이 들어서요. 주제 넘는 일인지 모르지만, 일단 이것부터 드시고…."

운전기사가 내민 봉지 속에는 두부 한 모가 들어있었다.

"고맙습니다. 정말…."

운전기사는 그렇게 두부를 건네주고 차안에 두 사람을 남겨둔 채 다시 자동차 밖으로 나갔다. 그리고 먼 하늘을 바라보았다.

그의 눈에 눈물이 맺히기 시작했다.

'그때도 그랬지. 아내가 혼자 교도소 밖에서 두부 한 모를 사들고 나를 기다리고 있었지.'

모두가 자신을 멀리하고 또 손가락질 할 때, 세상에서 유일하게 자신을 이해해준 사람이 바로 아내였다.

운전기사는 그때를 생각하며 자동차 안에 있는 두 사람의 미래를 위해 조용히 기도를 올렸다.

＊　＊　＊

아무도 없는 세상을 상상하기란 매우 어려운 일입니다. 그렇듯이 이 세상에서 가장 소중한 것은 당신의 가족입니다.

죄인의 마지막 말

왕이 죄인을 사형에 처하도록 명령했다. 죄인은 절망에 빠진 나머지 감옥으로 끌려가면서 말했다.

"못된 왕 같으니! 죽어 지옥에나 떨어져라!"

죄인을 감옥으로 데려가던 두 명의 신하 가운데 한 신하가 그 죄인의 말을 가로막으며 말했다.

"이 사람아, 아무리 그렇기로 그건 너무 심하지 않은가?"

신하의 말에 죄인은 눈을 치뜨면서 큰소리로 말했다.

"죽음을 눈앞에 둔 내가 못할 말이 무엇이오?"

신하들이 죄인을 감옥으로 호송하고 궁궐로 돌아오자 왕이 신하들을 불러 물었다.

"그래, 그 죄인이 끌려가면서 무슨 말을 하던가?"

61

천성이 착하고 어진 한 신하가 왕께 아뢰었다.

"그 죄인은 참회의 눈물을 흘리면서 자신에게 사형을 내릴 수밖에 없었던 왕을 용서해 달라고 신에게 기도했습니다."

신하의 말에 왕은 그 죄인을 살려주라고 다시 명령을 내렸다. 그러자 원래 성격이 강직하고 곧은 다른 신하가 왕 앞으로 나서며 아뢰었다.

"왕이시여! 진실을 아셔야 합니다."

그 신하의 말에 왕이 물었다.

"진실이 무엇인지 어서 말해 보거나."

신하는 왕의 표정을 살피며 조심스럽게 말을 이었다.

"그 죄인은 폐하께 입에 담기조차 어려운 욕설을 했습니다."

그런데 이 말을 들은 왕은 그 신하를 엄히 꾸짖었다.

"지금 그 말이 비록 진실이라 해도 짐은 거짓말일지언정 아까 그 말이 더 마음에 드는구나."

왕의 말에 놀란 신하가 되물었다.

"왕이시여! 어찌하여 제가 말한 진실보다 앞서 말한 거짓말이 더 마음에 드신단 말씀이십니까?"

왕은 그 신하의 물음에 부드러운 음성으로 대답했다.

"듣거라. 먼저 한 말은 비록 거짓말일지라도 좋은 마음에서 우러나온 것이지만, 좀전에 그대의 말은 나쁜 마음에서 비롯된 것이기 때문이다."

그리하여 왕은 죄인을 사형시키지 않았고, 선의의 거짓말을 한 신하에게는 후한 상을 내렸다.

✳ ✳ ✳

우리는 일상에서 어쩔 수 없이 작은 거짓말을 하고는 있지만 그것도 거짓말은 거짓말이겠지요. 이 세상에 거짓말을 한 번도 하지 않은 사람은 아무도 없을 겁니다.

하지만 우리는 보통의 작은 거짓말, 예를 들면 남에게 상처를 주지 않기 위해서 라든가 혹은 왠지 쑥스러운 분위기를 좋게 하기 위해서 하는 귀여운 거짓말에는 죄의식을 느끼지 않는 것이 보통입니다.

삶에 있어서 정직함이란 무엇보다 소중한 미덕이지만 고지식한 정직은 오히려 일을 망가뜨릴 수도 있습니다.

만약 어느 날 세상에 이변이 생겨서 갑자기 모두가 진실만을 말해야 한다면 얼마나 끔찍한 일이 벌어질까요. 거창하긴 하지만 세상이 제대로 돌아가기 위해서는 거짓말이 필수적이라고 농담스럽게 한 마디 던지고 싶습니다.

빨간 우산

작은 마을에 오랫동안 가뭄이 계속되고 있었다. 비는 농작물 재배에도 중요했지만 마을 사람들의 생활에도 필수적이었다. 갈수록 문제가 심각해지자 마을에 있는 교회에서 비를 내려 달라는 대대적인 기도회를 열기로 하였다.

사람들이 하나 둘 교회 앞마당에 모여들기 시작했다. 마침내 단상에 올라선 목사는 이제 군중을 조용히 시키고 집회를 시작할 때라고 판단하였다. 모두들 조용히 해줄 것을 요청하려는 순간 목사의 눈에 맨 앞줄에 앉은 열 살 가량의 소녀가 눈에 들어왔다. 소녀는 흥분과 기대에 찬 얼굴로 천사처럼 앉아 있었다. 그리고 한 손으로는 빨간 우산 하나를 꼭 움켜쥐고 있었다.

그 순수한 믿음에 목사는 자신도 모르게 미소를 지었다.

다른 사람들은 전부 잃어버렸지만 이 어린 소녀만은 아직도 순수한 믿음을 간직하고 있었던 것이다. 다른 사람들은 단지 비를 내려 달라는 기도를 하기 위해 모였으나 이 소녀는 틀림없이 비가 올 거라고 굳게 믿고 있었던 것이다.

* * *

자신을 믿는 사람은 상대방을 믿고, 믿기 때문에 자신을 가지고 행동으로 옮기게 됩니다. 그러나 믿지 못하는 사람은 자신을 믿지 못하기 때문에 남도 믿지 못합니다.

우리는 종종 기적을 체험합니다. 그런 기적도 믿는 사람에게 나타나지 믿지 않는 사람에게는 나타나지 않습니다.

가시나무의 비밀

아버지와 어린 딸이 함께 양을 기르며 산에 살고 있었다.

어느 날, 아버지와 딸은 잃어버린 양을 찾다가 그 양이 가시나무에 걸려서 빠져나오지 못한 채 버둥거리고 있는 것을 보았다. 아버지가 조심스럽게 양을 가시덤불에서 빼내었으나 그 양은 이미 여러 곳이 긁히고 상처가 나 있었다. 양의 상처를 보고 어린 딸은 울면서 말했다.

"아빠, 저 나무가 미워요. 저 나무를 잘라 버리세요."

다음 날 아버지와 딸은 도끼를 가지고 그 나무를 잘라 버리려고 그 곳에 갔다. 나무에 가까이 다가갔을 때 작은 새 한 마리가 그 가시나무 위에 앉더니 양이 가시에 긁히면서 남겨 놓은 털을 조심스럽게 물고 날아가는 것이었다.

그 모습을 지켜보던 어린 딸이 아버지에게 말했다.

"아빠, 하느님께서 이 곳에 가시나무를 자라게 하시는 이유를 알았어요. 나무의 가시들은 작은 새가 집을 지을 수 있도록 부드러운 털을 모으는 일을 하나 봐요."

✻ ✻ ✻

길가에 세워진 축대를 본 적이 있습니까? 여러 가지 모양의 돌들이 모여 단단한 축대를 이루고 있는 모습 말입니다. 큰돌만 모여서는 단단한 축대를 이룰 수 없습니다. 큰돌과 큰돌 사이에 작고 보잘것없는 돌이 들어가 균형을 잡아 주는 것이죠.

세상의 이치가 이와 같습니다. 잘난 것과 못난 것, 멋진 것과 볼품 없는 것들이 서로 어우러져 세상을 만들어갑니다. 그 모두가 똑같이 가치 있는 일을 하고 있는 것이죠. 바로 당신까지 포함해서 말입니다.

부모와 자식

평생 두 아들을 위해 열심히 농사에 매달려 온 농부가 있었다. 두 아들은 장성하여 도시로 나가 살게 되었지만 늙은 아버지는 아직도 밭을 일구며 살아가고 있었다.

그러나 나이를 먹어 갈수록 점점 농사일이 힘에 부치자 모든 것을 정리하기로 마음먹었다. 그래서 어느 날, 농부는 도시에 살고 있는 두 아들에게 재산을 똑같이 나누어주었다. 그러나 밭 한 뙈기는 이웃에 살고 있는 가난한 농부에게 맡기기로 하였다. 그는 이웃 농부를 불러 말했다.

"여보게, 내가 너무 늙어서 더 이상 농사를 지을 수가 없네. 그러니 자네가 오늘부터 이 밭을 가지고 농사를 짓게나. 물론 내가 죽거든 그 밭은 자네가 갖도록 하게. 다만 내가 죽기 전까지는 수확의 반만 나에게 주었으면 하네."

가난한 농부는 뜻밖의 제안에 어쩔 줄을 몰라 연신 감사의 절을 하며 말했다.

"어르신 감사합니다. 어르신의 뜻대로 꼭 그렇게 하겠습니다."

가난한 농부는 열심히 밭을 일구었고 그의 아내는 밭을 준 늙은 농부의 집에 드나들며 농부 내외를 보살펴 주었다. 그러나 그런 소문을 듣게 된 두 아들은 무언가 이상하다는 생각을 하게 되었다.

'아니, 농사일이 힘드시면 도시로 올라와 우리와 함께 지내시면 그만이지 왜 이웃의 보살핌을 받으며 사시는 거지? 게다가 그 사람에게 밭까지 주었다고?'

도시에 사는 두 아들은 부리나케 아버지 집으로 달려와 따지듯 물었다.

"아버지, 저희들이 있는데 왜 다른 사람의 도움을 받으십니까?"

아버지는 두 아들에게 말했다.

69

"애들아, 그게 그렇게 궁금하냐? 그러면 지금 밖으로 나가서 나무 위에 있는 새를 둥지 채로 잡아오너라."

두 아들이 산 속을 뒤져 새를 잡아오자 아버지는 아들들에게 새장을 만들도록 하였다. 그리고 새장 속에 새끼만 넣고 어미새는 밖에 두었다. 어미 새는 몇 날 며칠을 도망가지 않고 먹이를 물어다 새장 속에 있는 새끼에게 먹였다.

그런데 반대로 어미 새를 새장 속에 넣고 새끼 새를 밖에 두었더니 새끼 새는 마음껏 날개를 펴고 신나게 공중에서 날아다니다가 어디론가 훨훨 날아가 버리고 말았다. 그리고 다시는 돌아오지 않았다.

그런 모습을 본 두 아들은 고개를 숙이고 아버지에게 용서를 빌었다.

✳ ✳ ✳

아버지가 날 낳고 어머니가 날 길렀다고 어느 옛시인은 말했습니다. 그러니 두 분이 아니었으면 이 몸이 태어났겠습니까? 하지만 그 자식이 잘되고 못되고는 그 인간의 마음에 달린 것이라 부모도 어쩔 수가 없습니다. 그래서 부모는 회초리를 듭니다. 회초리를 들지 않으면 자식이 회초리를 들게 됩니다. 우리는 부모의 은혜를 죽을 때까지 잊어서는 안 됩니다. 왜냐하면 한 아버지는 열 자식을 기를 수 있으나 열 자식이 한 아버지를 섬기는 것은 어렵기 때문입니다.

인생에도 색깔이 있습니다. 온종일 내리던 비 끝에 찬란하게 피어오르는 무지개처럼 말입니다. 나 혼자만의 색깔이 아닌 일곱 색깔의 무지개처럼. 사노라면 기쁨과 슬픔, 절망과 환희 그러한 것들을 겪게 마련입니다. 삶이 어렵고 두렵다고 해서 피해갈 수는 없습니다. 힘든 절망의 순간을 잘 이겨내고 나면 우리의 존재는 더욱 성숙해지고 절망의 순간을 잘 대처하고 나면 삶의 지혜가 한 움큼 쌓이게 됩니다. 기쁨도 슬픔도, 그리고 절망과 환희도 모두 나의 몫이라면 단단히 끌어안고 걸어갈 일입니다.

2

희망의 향기

어제의 보석

한 청년이 어려서부터 보석 감정사가 되려는 꿈을 가지고 있었다. 마침내 학교를 졸업한 그는 세상에서 제일 유명한 보석 감정사를 찾아가 기술을 가르쳐 줄 것을 부탁하였다. 하지만 그는 그 자리에서 거절당하였다.

"이 기술은 끈기와 인내가 필수적이네. 그러나 요즘 젊은이들은 그게 부족해서 안 돼. 돌아가게나."

그러나 청년은 한 번만이라도 기회를 달라고 매달렸다. 어려서부터 꿈이었기 때문에 자신은 충분한 소질과 열정을 갖고 있다고 보석 감정사를 설득하였다. 마침내 그 보석 감정사는 청년에게 말했다.

"그렇다면 내일 여기로 오게나."

다음 날 아침, 청년이 찾아가자 보석 감정사는 청년에게 작은 의자를 내주며 거기에 앉으라고 말했다. 그리고는 작은 보석 하나를 손에 쥐어 주면서 절대로 아무 말도 하지 말고 가만히 앉아 있으라고 지시했다.

청년이 앉아 있는 동안 보석 감정사는 보석들의 무게를 달고 자르고 하면서 자신의 작업을 계속하였다. 청년은 조용히 앉아서 기다렸다. 그렇게 하루가 지났다.

다음 날 아침에도 보석 감정사는 청년의 손에 어제의 보석을 쥐어 주고는 의자에 앉으라고 하였다. 셋째 날도 넷째 날도 마찬가지였다. '오늘은 뭔가 가르쳐 주겠지' 하는 마음으로 아침에 출근을 하면 또다시 어제와 똑같은 지시를 내릴 뿐이었다.

일주일이 지났을 때, 청년은 더 이상 참지 못하고 조심스럽게 물었다.

"선생님, 저는 언제부터 배우게 됩니까?"

"곧 배우게 될 거야."

그리고는 또 자신의 일만을 계속하는 것이었다. 청년은 크게 좌절할 수밖에 없었다. 자신을 제자로 받아들이기 싫으면 싫다고 할 일이지 이런 식으로 시간을 낭비하게 만드는 건 옳지 못한 일이라는 생각이 들기 시작했다.

마침내 열흘째 되는 날 아침, 보석 감정사가 그날도 보석을 쥐어 주며 의자에 앉으라고 지시하자 청년은 화가 나서 그것을 집어던지며 이렇게 외치려고 하였다.

"도대체 언제까지 나를 골탕 먹일 셈인가요?"

그런데 보석을 집어던지려는 순간 자신도 모르게 이렇게 말하고 말았다.

"이건 어제까지의 그 보석이 아니잖아요?"

그러자 보석 감정사가 말했다.

"이제야 조금씩 배우기 시작하는군."

＊ ＊ ＊

인내는 분명히 고귀한 덕이며 모든 고통에 대한 최선의 치료약입니다. 인내는 아무 정원에서나 자라는 꽃나무가 아닙니다. 인내는 쓰지만 그 열매는 달다는 말이 있습니다. 보다 좋은 때를 위하여 자신을 돌보고 참고 견디십시오. 기다리는 자에게 모든 것은 돌아오기 마련입니다. 일이 힘들더라도 참고 인내하십시오.

균형과 조화

왕에게 신임을 받고 있는 신하 두 사람이 있었다. 그런데 어느 날 이들이 큰 실수를 저질러 궁지에 몰리게 되었다. 평소에 특별히 왕의 애정을 받아 온 그들을 시기하던 다른 신하들은 좋은 기회를 잡았다는 생각으로 왕에게 말했다.

"그들이 저지른 죄는 너무나 큰 것입니다. 이제 그 본보기로 그들을 사형에 처하여 왕명의 지엄함을 세상에 알려야 합니다."

왕은 고민에 빠졌다. 그들이 죄를 지은 것은 사실이지만 그렇다고 그들을 죽이고 싶지는 않았다. 그 만큼 두 신하를 사랑했던 것이다.

하지만 왕인 자신이 법을 어기고 그들을 풀어 준다면 나라를 다스리는 기강이 무너질 게 뻔한 일이었다.

한동안 생각에 잠겨 있던 왕은 마침내 방법을 찾아냈는지 이렇게 말했다.

"모두 옳은 말이오. 그들이 저지른 죄를 생각하면 사형을 받아 마땅하오. 하지만 나는 덕으로써 그들에게 한 번의 기회를 주고자 하오. 두 언덕 사이에 팽팽하게 밧줄을 매고 그 위를 걸어온다면 그들의 죄를 사면해 주고자 하오."

신하들은 왕의 제안을 받아들였다. 줄을 탄다는 것이 결코 쉬운 일도 아닐뿐더러 사실 두 신하는 줄타기를 해본적이 없어 그들이 줄을 타고 나온다는 것은 불가능하다고 생각했기 때문이다.

마침내 그 날이 왔다. 많은 사람들이 이 진기한 구경거리를 찾아 모여들었다. 그들은 줄 위에서 떨어지는 사람을 구경하러 온 것이다.

첫 번째 사람이 줄에 올랐다. 그는 자신의 운명을 받아들였다.

'나는 이 자리에서 죽는다. 나는 이 줄을 건너는 법을 모

행복한 바보의 지혜로운 삶

른다. 그러니까 편안하게 죽자.'

이런 마음으로 그는 걸음을 옮겼다. 한 걸음 옮길 때마다 죽음이 기다렸다. 하지만 그는 그 죽음을 쳐다보지 않았다. 이미 자신의 마음 속에 죽음이 있었기 때문이다.

그 줄타기는 전문적인 광대들도 두려워하는 일이었다. 언덕 꼭대기에서 불어오는 바람 때문에 균형을 잡는다는 것은 여간 어려운 일이 아니었다. 그런데 놀라운 일이 벌어졌다. 그는 줄 위를 걸어 맞은편 언덕에 도달했던 것이다.

사람들이 웅성거렸다.

"아니 어떻게 이런 일이 일어날 수 있지?"

아직 줄을 건너지 않은 나머지 신하가 벌벌 떨면서 소리쳐 그에게 물었다.

"여보게, 대체 어떻게 줄을 건널 수 있었는지 나에게도 그 비결을 알려주시오."

그러자 먼저 건너간 신하가 대답했다.

"사실 나도 방법을 모릅니다. 나는 내가 살아온 방법대로 걸었을 뿐입니다. 줄 위에서 균형을 잡고 어느 한 쪽으로 기울지 않으려고 애썼습니다. 만일 몸이 어느 한쪽으로 기울어지면 즉시 중심을 옮겨 균형을 취했을 뿐입니다. 나는 이제까지 이렇게 살아왔으니까요. 당신도 나와 같은 방식으로 살아왔다면 분명히 이 요령을 알고 있을 것입니다."

* * *

왜 하필이면 나에게 이러한 일이 일어났을까, 난 정말 불행해. 라고 생각하지 말고 당신을 비탄으로 이끌어가는 어떤 경우와 부딪치게 되더라도 이것을 슬기롭게 헤쳐나가는 지혜를 길러야 합니다.

백정의 지혜

백정이 푸줏간을 열었다. 이 푸줏간은 그런 대로 장사가 잘되어 별 걱정이 없었다. 분에 넘치는 욕심을 갖지 않는 그는 자신의 생활이나 일에 큰 만족을 느끼며 소박한 생활을 하였다. 그런 그의 성실함이 왕의 귀에까지 들어갔다.

어느 날, 왕은 관리 한 명을 이 백정의 집으로 보내어 공주와의 혼사를 제의하였다.

"폐하가 너를 어여삐 보시어 공주를 너에게 시집보낼 뜻을 보이셨다. 만약 네가 승낙한다면 많은 혼수품과 하사금뿐만 아니라 관리도 될 수 있다. 이는 정말 천재일우의 기회이니 거절하지 않는 것이 좋을 것이다."

그 말을 들은 백정은 송구스러워하며 대답하였다.

"폐하의 호의는 감사하지만 받아들일 수 없습니다. 왜냐하면 저는 지금 고칠 수 없는 병을 앓고 있기 때문입니다. 저를 대신해서 폐하께 감사의 뜻을 전해 주십시오."

관리는 아무 말도 하지 못하고 그대로 돌아갔고 이 이야기를 전해들은 이웃이나 친구들은 좋은 기회를 놓쳤다면서 안타까워했다. 그러나 그는 그들의 말을 태연하게 받아들이며 이렇게 말하였다.

"당신들은 좋은 기회라고 생각하는지 모르지만 나는 그렇게 생각하지 않습니다. 세상에 쉬운 일이란 없습니다. 이 나라에는 준수하고 유능한 청년들이 아주 많습니다. 국왕이 딸을 다른 사람에게 시집보내지 않고 굳이 나 같은 백정을 선택한 것은 공주가 아주 못생겼거나 아니면 또 다른 이유가 있기 때문일 것입니다. 내 비록 백정이지만 돈이나 권세 때문에 내가 좋아하지도 않는 여자와 결혼하고 싶지는 않습니다."

모두들 그의 말도 일리는 있다고 생각하였지만 그렇다
고 그가 어떻게 그런 생각을 하게 되었는지 물었다.

"나는 일개 백정에 불과하며 다른 것은 모르지만 고기
를 파는 것은 전문입니다. 신선한 고기는 값이 비싸도 모
두들 다투어 사가지만 냄새나는 상한 고기는 가격이 아무
리 싸고 뼈까지 곁들여 주어도 사려하지 않는 것이 그 이
유입니다."

✳ ✳ ✳

내가 가지고 있는 것, 내가 하고 있는 일의 참다운 면을 보지
못하고 자꾸만 남과 비교할 때 불행이라고 하는 불청객이 곁으로
찾아오는 것입니다.

내가 가진 모든 것이 반드시 남보다 나을 수는 없습니다. 남이
나보다 나은 것을 가지고 있다면, 또한 나에게도 더 나은 것이 있
게 마련입니다. 사실 자세히 살펴보면 내 것이 남의 것보다 더 나
을 수도 있는 데, 인간의 욕망은 정확한 판단의 눈을 가려 버리고
맙니다.

내 십자가

여러 번 강도 짓을 일삼던 사내가 어느 신부의 도움으로 회개하게 되었다. 그 사내는 신부에게 자신이 지은 죄를 어떻게 하면 속죄할 수 있을지 물었다.

신부는 무거운 십자가를 지고 성지순례를 떠날 것을 권했고 사내는 즉시 커다란 십자가를 만들어서 길을 나섰다. 처음에는 모든 것이 순조로웠다. 십자가의 무게가 대단했지만 그 정도를 감당하는 데는 별 무리가 없었다. 그러나 하루가 지나자 어깨가 붓고 저려왔다.

사내는 십자가를 어떻게 하면 가볍게 만들 수 있을까 궁리하다가 십자가의 양쪽 팔을 잘라내었다.

'십자가의 팔이 훨씬 짧아지기는 했지만 그래도 십자가는 십자가가 아닌가.'

그렇게 생각하자 사내의 몸과 마음은 훨씬 편해졌다. 그러나 먹을 것조차 찾을 수 없는 사막에 들어서자 사정은 마찬가지였다. 아무것도 먹지 못한 채 사흘 동안 사막을 헤맸다.

사내는 더욱 무겁게 짓누르는 십자가의 무게를 감당하기가 힘들어서 다시 십자가의 길이를 반으로 잘라내었다.

나흘 째 되던 날, 사내는 지평선 너머에 있는 도시를 발견하고서 어쩔 줄을 몰랐다. 지친 몸을 이끌고 빠른 걸음으로 그곳을 향해서 달려갔다.

그런데 저녁 무렵이 되자 예상하지 못한 장애물을 만나게 되었다. 그 앞에는 깊이 페인 절벽이 가로막고 있었다. 어디를 둘러 보아도 다리를 찾을 수가 없었다.

사내는 생각했다.

'그래, 지금까지 지고 온 이 십자가로 다리를 삼아야겠다.'

그러나 지금까지 걸어오면서 힘이 들 때마다 십자가를 잘라 내었기 때문에 십자가의 길이가 너무 짧아서 다리로 대신할 수가 없었다.

인생에도 색깔이 있습니다. 온종일 내리던 비 끝에 찬란하게 피어오르는 무지개처럼 말입니다. 나 혼자만의 색깔이 아닌 일곱 색깔의 무지개처럼. 사노라면 기쁨과 슬픔, 절망과 환희 그러한 것들을 겪게 마련입니다. 삶이 어렵고 두렵다고 해서 피해갈 수는 없습니다. 힘든 절망의 순간을 잘 이겨내고 나면 우리의 존재는 더욱 성숙해지고 절망의 순간을 잘 대처하고 나면 삶의 지혜가 한 움큼 쌓이게 됩니다. 기쁨도 슬픔도, 그리고 절망과 환희도 모두 나의 몫이라면 단단히 끌어안고 걸어갈 일입니다.

이상한 계산법

무소유와 천진한 성품으로 유명한 스님이 한 분 계셨다. 스님은 자신이 가는 곳마다 주변의 땅을 일구고 경작을 하여 일하는 스님으로도 널리 알려져 있었다.

어느 해에 스님은 몇 십 년을 모아서 마침내 논 열 마지기를 사서 농사를 짓다가 갑자기 그 논을 헐값에 팔아버리고는 산등성이를 사서 개간하기 시작했다.

그런데 땅에 얼마나 돌이 많던지 땅을 파고 돌을 캐어내는데 많은 돈이 들게 되어 결국 손바닥만한 밭을 일구게 되었다. 그럼에도 불구하고 스님은 아주 기뻐하며 여러 사람들에게 이렇게 말했다.

"올해는 참으로 좋은 해로군요. 저렇게 좋은 밭을 마련하였으니 말입니다."

사람들은 어이가 없어 할 말을 잃었다. 스님을 향해 한 젊은 제자가 답답하다는 듯이 말했다.

"선생님도 참 딱하십니다. 논을 그렇게 헐값에 팔아버리고 겨우 저렇게 작은 밭을 마련했으니 손해를 보시고도 무엇이 그리 좋다고 하십니까?"

"어허! 그게 무슨 말이오. 처음의 열 마지기는 저 아랫마을 김서방이 사서 잘 짓고 있으니 좋은 일이고, 산등성이에 있는 밭은 새로 얻은 것이니 이 얼마나 좋은 일이오!"

✻ ✻ ✻

행복은 주어진 것 안에 있습니다. 행복을 얻을 수 있다면 자기가 지닌 재산을 다 주어도 아깝지 않다고 생각하는 사람이 있습니다. 한편으로 재산이 많지는 않지만 그날그날 유쾌하고 행복하게 살아가는 사람이 있습니다. 그 차이는 어디서 오는 것일까요. 행복은 이미 당신에게 주어져 있습니다. 당신 안에서 행복을 찾으려 하지 않고 주어지지 않은 것만을 찾아다니기 때문에 행복을 느낄 수 없는 것입니다.

아름다운 부부

어느 날 하느님이 천사에게 말씀하셨다.

"세상에 내려가서 가장 아름다운 부부를 찾아보아라."

천사는 하느님의 말씀대로 세상에 내려와 아름다운 부부를 찾아 헤매었다. 그때 천사는 밭에서 일하는 부부를 보았다. 부부는 땀을 흘리면서 열심히 일을 하고 있었다. 서로가 정답게 일하는 모습이 참으로 아름다웠다.

"옳아, 이 부부야말로 가장 아름다운 부부로구나."

천사는 하느님께 말씀드렸다.

"세상에서 가장 아름다운 부부는 밭에서 열심히 일하는 부부였습니다."

그러자 하느님이 말씀하셨다.

"다시 찾아보아라. 더욱 아름다운 부부가 있을 것이다."

천사는 다시 세상을 돌아다녔다. 그때 천사는 아내를 업은 남편은 두 눈이 먼 맹인이었고 아내는 두 다리가 없는 장애인 부부를 보았다. 남편은 아내의 두 다리가 되어주고 아내는 남편의 두 눈이 되어 열심히 살아가는 부부였다. 천사는 감탄하였다.

"이렇게 아름다운 부부가 또 어디 있을까?"

그래서 천사가 하느님께 말씀드렸다.

"하느님, 가장 아름다운 부부는 눈먼 남편과 두 다리가 없는 아내인 부부입니다."

하느님이 다시 말씀하셨다.

"다시 찾아보아라. 더욱 아름다운 부부가 있을 것이다."

천사는 다시 아름다운 부부를 찾아 헤매었다. 그러나 아름다운 부부는 찾을 수가 없었다. 며칠을 헤매다가 지쳐서 땅 위에 주저앉아 버렸다. 날은 어둡고 추웠다. 그때였다. 어디선가 구슬픈 울음소리가 들려왔다. 울음소리는 조그만 오두막집에서 나와 멀리멀리 퍼져나갔다. 천사는 이상히 생각하여 오두막집을 찾아갔다. 오두막집의 방안에서는 늙은 부부가 서로 부둥켜안고 하염없이 울고 있었다.

"여보세요, 어째서 이렇게 슬프게 우십니까?"

그러자 남자가 울음 섞인 소리로 대답했다.

"이 여자는 제 아내입니다. 그런데 나는 아내도 버리고 가정도 버리고 온갖 나쁜 짓만 한 죄인이랍니다. 그런데도 이 못난 남편을 모두 용서해주고 사랑해주고 있습니다. 그래서 너무나 고마워서 울고 있는 겁니다."

그때 아내가 말했다.

"아닙니다. 아내인 제가 잘못하여 남편을 나쁜 길로 가게 한 것입니다. 그런데도 이렇게 나에게 용서를 빌고 있으니 얼마나 고마운 일입니까."

천사는 감탄하였다.

"오오, 정말로 아름다운 부부이십니다."

그때야 하느님이 말씀하셨다.

"그렇도다, 자기 죄를 진심으로 뉘우치는 눈물과 용서와 사랑을 나누는 눈물이 바로 가장 큰 아름다움이로다. 천사여 그곳에 평화를 주고 오너라."

조그만 오두막집 안에 별들이 모이고 평화와 사랑의 노래가 가득히 울려 퍼졌다.

　인생은 우리에게 행복과 고난을 안겨 주지만 우리는 그것을 선택해서 받아들일만한 권리는 없습니다. 행복과 고난은 전혀 다른 별개의 것이지만 그 두 가지는 언제나 나란히 놓여 있답니다.

　행복과 고난의 끝에서도 언제나 지금의 순간에 감사하고 최선을 다하며 내 곁에 있는 사람을 소중하게 생각할 줄 안다면 당신은 이미 행복한 사람입니다.

결정의 어려움

어느 농부가 자신의 농장에서 함께 일할 일꾼을 고용하였다. 농부는 일꾼에게 제일 먼저 창고를 페인트로 깔끔하게 칠하도록 지시하였다. 그리고 그 일을 끝내기 위해서는 사흘 정도가 걸릴 거라고 말하였다. 그런데 놀랍게도 일꾼은 하루만에 그 모든 일을 마쳤다.

다음 날 농부는 일꾼에게 농장 식구들이 겨울을 날 수 있도록 나무를 베어 땔감을 마련하도록 지시하였다. 그 일을 마치려면 나흘 정도가 걸릴 거라고 말하였다. 하지만 일꾼이 그 일을 하루 반나절만에 끝마치자 농부는 벌어진 입을 다물 수가 없었다. 자신이 평소에 해 오던 일처리 속

94

도와 너무도 달랐기 때문이다.

일꾼의 능력을 알 게 된 농부는 그를 창고로 데리고 갔다. 창고 안에는 밭에서 거둔 감자가 산더미처럼 쌓여 있었다. 수확을 한지 이미 오래되었지만 손이 달려서 미뤄두고 있었던 일이었다. 혼자서 처리하기에는 감자의 양이 많았지만 이미 일꾼의 일솜씨를 직접 확인한 농부는 부담 없이 일을 맡길 수 있었다.

농부는 일꾼에게 감자를 세 가지로 분류하도록 지시하였다. 하나는 종자로 쓸 수 있는 감자, 또 하나는 시장에 내다 팔 감자, 마지막으로는 겨울에 돼지 사료로 사용할 감자로 일일이 구분해서 쌓게 하였다. 농부는 감자를 분류하는 일이 그리 힘든 일이 아니기 때문에 천천히 해도 하루가 걸리지 않을 거라고 말하였다.

날이 저물 무렵이 되자 농부가 창고에 다시 찾아왔다. 농부는 창고의 일이 거의 마무리되었을 것이라고 기대하고 창고에 들어섰다. 그러나 일꾼은 그때까지도 농부가 지시한 일을 시작조차 하지 못하고 있었다. 농부는 이해할 수가 없었다.

"어찌된 일인가? 혹시 아프기라도 한 건가?"

그러자 일꾼은 곤혹스러운 표정을 지으며 대답했다.

"저는 주인님이 시키시는 일이라면 그 어느 것도 가리지 않고 열심히 할 수 있지만, 제 마음대로 결정해야 하는 일은 정말이지 하기가 힘듭니다."

✱   ✱   ✱

하루하루의 생활은 끊임없는 선택의 연속입니다. 만약 우리가 하고 싶은 일을 모두 다 하려다가는 하루가 48시간이라고 해도 모자랄 것입니다. 그러나 꼭 해야 할 일들만을 선택해서 하기 때문에 나름대로의 여유를 가질 수 있는 것입니다. 이렇게 많은 일들 중에서 해야 할 일을 선택하는 것도 매우 중요합니다. 다만 내가 해야 하는 일에 있어서 의미를 부여하고 아무리 사소한 일을 하더라도 정확히 해야 한다는 마음이 꼭 필요합니다. 내 삶속에서 이루어지는 일들이 결국은 나 자신의 인생을 만들어가기 때문입니다. 주인은 결정을 내릴 수 있지만 하인은 주인이 내린 결정을 실행할 뿐입니다. 내 인생의 주인이 되십시오.

한잔의 물

작은 마을이 있었다. 마을 사람들은 모두 농사를 짓는 농부들이었다. 그들은 본래 심성이 매우 착하여 매우 평온한 생활을 하였다.

그러던 어느 해였다. 가뭄과 수해가 계속되면서부터 이 마을은 어둠과 우울함만 감도는 아주 가난한 곳이 되고 말았다.

이 마을에는 오래전부터 한 부자가 살고 있었는데 그는 마을 사람들로부터 존경을 받고 있었다. 그는 마을의 가난한 사람들을 보면 그냥 지나치지 않았고 그런 사람들을 도와주었다. 그러나 가뭄과 수해가 계속되면서부터 그 부자

또한 가난하게 되고 말았다. 하지만 사람들은 그의 형편은 아랑곳하지 않고 예전의 부유하던 부자라고만 생각되었는지 여전히 그에게 도움을 청하였다.

그러던 어느 날, 부자는 마을 사람들을 집으로 청하여 음식을 정성껏 마련하여 배불리 먹도록 했다. 한참 음식을 먹고 있을 때 그는 수레에 가득 실은 나무에 불을 지피게 하였다. 얼마 안되어 불은 삽시간에 번져 갔다. 그는 곧 사람을 시켜 물 한 잔을 불에 끼얹게 하여 불을 끄도록 하였다. 모든 사람들은 의아하게 생각하며 말했다.

"물 한잔으로 어떻게 큰불을 끌 수 있습니까?"

그때 부자는 매우 심각한 표정을 지으며 무겁게 말했다.

"맞습니다. 여러분도 알다시피 나도 이제 가난을 면할 수가 없게 되었습니다. 저 혼자만의 힘으로 온 마을의 가난을 구한다는 것은 마치 물 한 잔으로 나무 한 수레를 태우는 불을 끄자고 하는 것과 같지 않겠는지요."

* * *

    우리 삶에서 가장 소중한 것이 무엇인가요. 우리는 가끔 소중한 것이 무엇인지도 모르는 채 무언가를 그냥 소유하려고 애를 쓰거나 또 별로 고마워할 줄도 모르면서 받는 것에 익숙해지기도 합니다.

    늘상 그 무엇이 우리 자신과 함께 있기에 그 소중함을 채 깨닫지도 못하고 잃어버리고 나면, 떠나버리고 나면 그제서야 우리는 그 가치를 깨닫고 빈자리를 발견하게 됩니다.

본성

선승이 커다란 나무 밑에서 참선을 하고 있었다. 수령이 오래된 그 나무는 강둑까지 뿌리들이 뻗어 있었다. 선승이 강을 보니 간밤에 내린 비 때문에 급속히 물이 불어나고 있었다.

그때 마침 나무 뿌리에 전갈 한 마리가 겨우 매달려 있는 게 눈에 띄었다. 그대로 두면 급한 물살에 휩쓸려갈 것처럼 보였다. 그때 한 남자가 나무의 뿌리를 잡고 강둑을 내려가서 전갈을 구해내려고 하였다. 그러나 그가 손을 내밀 때마다 전갈은 꼬리를 세워서 쏘아댔다.

그 모습을 옆에서 한참 동안 지켜보던 선승이 참다못해서 나섰다.

"전갈이라는 게 본디 늘 쏘고 싶어하는 본성이 있다는 것을 모르시는지요."

여전히 힘들게 나무의 뿌리를 붙잡고서 전갈을 구해 내려 애쓰던 남자가 선승을 바라보며 말했다.

"그럴 수도 있겠지요. 그러나 내 본성은 생명을 구하는 것입니다. 그러니 낸들 어쩌겠습니까? 전갈이 자신의 본성을 바꾸지 않는다고 해서 내가 본성을 바꾸어야 하는지요."

* * *

장님이 절벽을 향해 걸어가고 있었습니다. 그 모습을 본 젊은 이가 달려가 장님의 팔을 잡고 말했습니다.

"그쪽으로 계속가면 절벽으로 떨어지게 됩니다."

그러자 장님이 벌컥 화를 내며 이렇게 말했습니다.

"그만 둬. 이제까지 모두들 내가 앞을 보지 못한다고 나를 속이고 모든 것을 빼앗았어. 그런데 내가 당신을 어떻게 믿을 수가 있겠나? 나는 이제 아무도 믿지 않는다네. 그냥 내가 가고 싶은 곳으로 가겠네."

　당신이 그 젊은이라면 어떻게 하겠습니까? 아니, 당신이 그 장
님이라면….

가짜 보석

페르시아 왕이 중병을 앓고 있다가 죽게 되리라는 예상과는 달리 건강을 되찾으며 많은 것을 스스로 깨우치게 되었다.

왕은 먼저 충신과 간신들을 가려내고 싶었다. 모든 신하들을 불러 왕의 잘못된 점과 고쳐야 할 것 등을 물었다. 그리고 정직하게 말하는 자에게는 값진 보석으로 보답을 하겠다고 약속하였다.

대부분의 신하들은 온갖 아첨을 떨면서 왕의 칭찬만을 늘어놓았다. 왕은 그들에게 답례로 보석을 나누어주었다.

현명하고 충성스런 신하의 차례가 되었다.

"폐하, 저는 말하지 않는 것이 좋겠습니다. 왜냐하면 진실은 돈으로 살 수 없는 것이기 때문입니다."

"그대는 아무 대가도 지불하지 않을 테니, 다만 솔직히 말해 보시오."

"폐하께서는 백성들의 생활은 생각지도 않고 축제를 열고, 궁전 건축과 전쟁으로 많은 예산을 낭비하여 결국 백성들이 많은 세금 때문에 힘들어하며, 폐하에 대한 원망으로 가득 차 있습니다."

그 말을 듣고 있던 왕이 대답했습니다.

"그러면 당신을 수상에 임명할 테니 나라 살림을 잘해보도록 하시오."

며칠 후 아첨을 늘어놓았던 신하들이 왕을 찾아 왔다.

"폐하께서 저희에게 주신 보석들이 모두 가짜였습니다. 그러니 폐하께 이 보석을 팔았던 모든 상인들을 교수형에 처함이 마땅합니다."

왕은 당연하다는 듯이 웃으며 말했다.

"너희들의 말이 모두 가짜인 것처럼 보석들도 모두 가짜이니 마찬가지가 아니겠느냐!"

* * *

비록 지금 고통과 불행한 환경에 처해 있더라도 마음이 진실하
다면 큰 힘과 행복을 간직하고 있는 것입니다. 왜냐하면 진실한
마음에서만 인생의 온갖 난관을 힘차게 헤쳐나갈 지혜가 우러나
오기 때문입니다.

어떠한 지위나 지식이 있다 해도 진실을 잃어버린다면 그 지위
도 지식도 허위에 불과한 것입니다.

집착

말을 잘 다룬다고 소문난 사람이 있었다. 하루는 그 소문을 들은 왕자가 그에게 말 다루는 법을 배우기로 마음먹고 그를 불러들였다.

"예, 왕자님. 제가 지닌 모든 기술을 전해 드리겠습니다."

왕자는 그에게 말 다루는 법을 배우기 시작했다. 그리고 어느 정도 배움이 무르익자 자신감을 얻은 왕자는 자신에게 말 다루는 기술을 가르쳐 준 스승에게 경주를 하자고 청했다.

그러나 경주를 할 때마다 왕자는 패하고 말았다. 왕자가 화가 나서 말했다.

"그대는 나에게 모든 기술을 가르쳐 준다고 하지 않았는가? 그런데 아직 중요한 기술을 가르쳐 주지 않은 게 분명해. 내가 이렇게 계속 패배하는 게 그 증거라구!"

"아닙니다. 기술적인 것은 모두 가르쳐 드렸습니다."

"거짓말을 하는구나! 그렇다면 내가 계속 지는 이유가 뭐란 말이냐?"

왕자가 화를 내면서 부들부들 몸을 떨자 그는 대답했다.

"말을 잘 다루려면, 몸 아래에 말이 없는 듯이 자연스럽게 달려야 합니다. 즉, 사람과 말이 일체가 되어야 한다는 뜻이지요. 그런데 왕자님은 경주를 할 때마다 저를 너무 의식하십니다. 제가 앞에 있으면 따라잡으려는 마음에, 제가 뒤에 있으면 선두를 빼앗기지 않으려는 마음에 너무 집착하십니다. 그러니 어찌 말과 일체가 되어 달릴 수 있겠습니까?"

✽ ✽ ✽

모든 것을 맛보고자 하는 사람은 어떤 맛에도 집착하지 않아야 한다. 모든 것을 알고자 하는 사람은 어떤 지식에도 얽매이지 않아야 한다. 모든 것을 소유하고자 하는 사람은 어떤 것도 소유하지 않아야 하며, 모든 것이 되고자 하는 사람은 어떤 것도 되지 않아야 한다.

나무꾼이 찾는 죽음

늙은 한 나무꾼이 있었다. 그는 몸도 지칠 대로 지쳤고 사는 것도 힘들어 수시로 하늘에 대고 이렇게 말하곤 했다.

"죽음의 신이시여! 하루빨리 나를 데리고 가십시오. 난 더 이상 사는 것에 욕심이 없습니다. 그저 하루하루가 지겹고 힘들뿐이니 어서 이 목숨을 거두어 주십시오."

그 노인의 넋두리는 사실이었다. 늙고도 고생만 하면서 살아왔지만 모아 놓은 재산도 없었고 그를 거두어 돌봐 줄 가족도 없었다. 날마다 무거운 나무를 해다 팔면서 목숨을 부지할 뿐이었다.

그 날도 무거운 나무를 한 짐 지고 산을 내려오다가 갑자기 나뭇짐을 던지며 외쳤다.

"죽음의 신이시여! 어서 오소서. 어서 와서 이 늙은 목숨을 거두어 주소서. 다른 사람한테는 잘도 찾아가면서 왜 나를 외면하십니까? 도대체 나한테 무슨 원한이 있다고."

그 순간 죽음의 신이 노인 앞에 나타났다.

"내 너의 목소리를 들었느니라. 네가 원하는 것이 무엇이더냐?"

그러자 노인은 겁에 질린 표정이 되어 온몸을 떨더니 이렇게 둘러대는 것이었다.

"예, 별 것 아닙니다. 제가 너무 늙어서 이 나뭇짐을 질 수가 있어야지요. 그래서 뒤에서 누군가가 좀 거들어 주었으면 하는 이 노인의 푸념입니다요."

* * *

지금 이 순간 당신이 자신의 사망기사를 쓰고 있다고 생각해보십시오. 당신은 자기 일생의 과업에 대해 만족하십니까? 만약 만족하지 않는다면 당신의 삶이 아직도 완성되지 않았음을 기억하십시오. 오늘은 바로 당신이 당신의 삶을 완성시킬 수 있는 적절한 시점입니다.

내 안의 보물

가난하지만 항상 만족한 마음으로 살아가는 농부가 있었다.

어느 날, 농부가 밭을 갈다가 무언가 번쩍이는 것을 발견하였다. 가까이 다가가 살펴보니 그것은 아주 귀하고 값이 나가는 보물이었다.

보물을 발견한 그는 마음이 떨려 왔지만 이내 마음을 가다듬고 그것을 가지고 마을의 수도승을 찾아갔다.

"땅에서 우연히 이 보물을 주웠습니다. 본래 제 것이 아니니 선생님께서 받아주십시오."

그러나 수도승은 고개를 저으며 말했다.

"무슨 소린가? 그것은 본래 내 것도 아니네. 받을 수 없으니 도로 가져가게나."

농부는 뜻밖이었지만 더욱 강한 어조로 말했다.

"제게는 이 보물이 소용없습니다. 저는 땅을 파고 밭을 가는 것만으로도 만족하며 살고 있습니다."

그러자 수도승이 말했다.

"그대는 자신의 보물만 귀하게 여길 뿐 내 보물은 귀하게 생각하지 않는 모양이구먼."

농부가 그 말을 듣고 이상하게 생각하며 물었다.

"무슨 말씀인가요? 내 보물만 귀하게 여기고 남의 보물은 귀하게 여길 줄 모르다니요?"

수도승이 말했다.

"농부인 그대에게는 땅을 파고 일구는 것이 바로 보물이 아닌가. 그렇다면 수도자의 길을 걷는 내게는 또 나만의 보물이 있다는 뜻이지. 만약 내가 그 보물을 받게 된다면 나는 더욱 귀중한 보물을 잃게 될 것일세. 그러니 나는 그 걸 받을 수 없네."

* * *

누구나 다 가슴속에 보물을 숨기고 있습니다. 그러면서도 나에게는 보물이 없다고 생각합니다. 내면 깊은 곳에 은밀하게 숨어 있어서 일까요? 분명한 것은 실패와 좌절과 가난과 질병의 질곡에 빠지는 원인의 대부분이 자기 내면의 보물을 찾아내지 못하는데 있다는 점입니다. 보물다운 보물, 보물의 이름에 값하는 보물은 외부에 있지 않습니다. 그것은 우리들 내부에 있는 것입니다.

행복한 마음의 지혜로운 삶

113

희망과 절망의 순간

그 날도 어김없이 어부들은 바다로 나갔다. 요사이 수확이 신통치 않았던지라 깊은 바다에 그물을 친 그들은 오늘만은 만선이 되기를 기도하는 심정으로 기다렸다. 그리고 그물을 거둬들이려 할 때 갑자기 활기를 띠게 되었다. 그물이 터질 듯이 무거웠기 때문이다. 배 안의 어부들이 다같이 달려들어 그물을 당기기 시작했다.

"이거 그물 한 번 무겁구먼. 역시 먼바다로 나오길 잘했어, 정말 오랜만에 일할 맛이 나는군. 힘들어도 좋으니 날마다 이랬으면 좋겠어."

어부들은 신이 나서 그물을 끌어올렸다. 하지만 만선의

희망과 기쁨도 한 순간, 그물을 올리고 보니 고기는 몇 마리 없고 누가 버렸는지 쓰레기만 잔뜩 들어 있었다. 힘차게 일하던 어부들은 그만 맥이 풀리고 말았다.

"젠장, 재수가 없는 놈은 뒤로 자빠져도 코가 깨진다더니…. 이제는 이 짓도 못해 먹겠군."

어부들은 금방 서글퍼져서 하나 둘 신세타령을 늘어놓기 시작했다. 그때 한쪽에 조용히 앉아 있던 나이 많은 어부가 말했다.

"여보게들, 그렇게 실망할 것까지 있겠나? 실망은 희망이랑 남매지간이라네. 늘 서로 함께 다니지. 그래서 새옹지마라는 말도 있지 않은가! 세상에 어디 기쁜 일만 있을 수 있나. 그렇다고 슬픈 일만 있으라는 법도 없지. 조금 전까지만 해도 우리는 그물이 무겁다고 얼마나 기뻐하였는가. 지금은 괴로워도 또 이 다음에는 그만큼 즐거운 일이 있을 걸세."

"그래 맞아. 우리 그물을 다시 한 번 던져 보세."

* * *

기쁨과 슬픔은 동전의 양면 같은 것이란 생각이 듭니다. 그 동전을 던지면 늘 기쁜 일만 있을 수도 없고 또한 늘 슬픈 일만 있는 것도 아니지요.

뉴먼은 기쁨과 슬픔에 대해 이렇게 말했습니다.

"사람의 마음 속에는 두 개의 침실이 있다. 그 안에는 기쁨과 슬픔이 살고 있다. 한 방에서 기쁨이 깼을 때 다른 방에서 슬픔이 잔다".

나에게는 슬픈 일만 생긴다고 생각하는 사람은 뉴먼의 말처럼 이제 내 마음의 다른 한 방에서 기쁨이 일어날 기지개를 펴고 있다고 믿으십시오.

진심으로 사랑하는 것

누구에게나 사랑을 받는 왕이 살고 있었다. 왕은 신하와 백성들은 물론이고 들판의 동물까지도 그에게 존경과 사랑을 바쳤다. 그래서 왕은 언제나 그를 사랑하는 사람들 사이에 둘러싸여 지냈고 그의 얼굴에서는 만족스런 미소가 떠나지를 않았다.

그러나 그의 아내인 왕비와 함께 있을 때는 왕은 전혀 다른 모습이었다. 툭하면 다투기 일쑤였고 심지어는 고래고래 소리를 지르며 싸우기도 했다. 그러다가 화해를 했는지 금방 서로 마주보며 깔깔거리며 웃다가 또다시 뭐가 틀렸는지 또 싸움을 해대곤 했다. 사람들은 두 사람이 사랑하지도 않으면서 억지로 살고 있다고 생각했다.

그러던 어느 날, 금실 좋기로 소문난 이웃 나라의 왕비가 방문을 하였다. 그들은 자연스럽게 남편들의 이야기를 나누게 되었다. 왕비는 이웃 나라의 왕비에게 말했다.

"결혼한 지 오래 되셨어도 변함 없이 누리시는 당신의 행복이 부러워요. 저는 제 남편이 미워서 미칠 지경이에요. 모두가 남편을 사랑하는데 왜 저만 남편에게 미움을 갖는지 모르겠어요. 저는 정말 세상에서 가장 불행한 여자예요."

그러자 이웃 나라 왕비가 말했다.

"왕비님이 남편을 생각하는 마음이 바로 진실된 사랑이라는 생각이 들어요. 서로 관심이 있으니까 싸우기도 하는 거겠지요. 오히려 저와 제 남편이 불쌍하답니다. 우리는 서로 말도 없이 인내로 참고 있지요. 그런데도 아직까지 당신이나 다른 사람들은 우리들을 행복한 사람이라고 믿고 있지요."

* * *

　무관심!

　미워하는 것보다도 더 무서운 게 있다면 그것이 바로 무관심이
라고 하던가요? 아주 철저하게 외롭고, 아주 철저하게 버림받고
싶은 사람이 있다면 주변의 모든 이로부터 무관심의 대상이 된다
면 깨끗이 해결될 것입니다.

긴 기다림

도시 생활을 정리하고 시골로 내려온 남자가 있었다.

"이젠 정말이지 도시가 싫어졌어. 뭐든 게 다 돈이라니까. 이제 한적한 시골로 내려가 꽃을 키우며 살고 싶어."

그는 예쁜 꽃을 피워 낸다는 씨앗이라는 씨앗은 모조리 사들여 밭을 일구고 정성스럽게 꽃씨를 심었다. 오랜만에 몸을 움직여 일하고 땀을 흘리자 정말 산다는 게 바로 이런 것이구나 하는 생각이 들었다.

"그래, 사람은 이렇게 땀을 흘리며 살아야 한다구. 이제까지 나는 왜 이런 걸 몰랐을까?"

그러나 씨앗을 심은 다음날부터 그의 근심은 시작되었다. 정성껏 꽃씨를 심었는데 밭에 나가보면 싹이 돋아나려는 아무런 흔적도 발견할 수 없었기 때문이었다.

일주일이 지나도 밭에 아무런 변화가 보이지 않자 그는 안타까운 마음에 호미를 들고 밭을 조금씩 헤집어 보았다. 분명 씨앗은 그 속에 조용히 있었다.

"이게 무슨 일이지? 내가 뭘 잘못한 걸까?"

그는 근심으로 잠을 이룰 수가 없었다. 매일 땅을 파보고 다시 덮는 일이 이어졌다.

그러던 어느 날, 그는 다시 짐을 싸서 도시로 향했다.

"내가 실수를 한 거야. 그렇게 열심히 일했지만 아무 보람도 느낄 수가 없잖아. 다시 도시로 돌아가야겠어."

그가 떠난 자리에 바람이 불고 있었다. 그리고 비가 오고 태양이 빛나고 다시 바람이 불더니 아무런 일도 일어나지 않았던 그곳에 파란 새싹이 돋아나기 시작했다. 얼마간 시간이 더 흐르자 그가 일군 밭은 온갖 꽃들이 만발한 꽃동산이 되어 있었다.

* * *

예수는 2000년 전에 세상을 향해 많은 지혜를 나누어주었지만 사람들은 그를 십자가에 매달았습니다. 페스탈로치는 평생 가난한 어린이들을 위한 교육사업을 하려고 하였지만 죽을 때까지 실패만 거듭하여 빚더미에 올라앉아야만 했습니다. 위대한 일은 그가 죽은 후에 빛을 발하기도 합니다. 그들 모두가 당장 오늘의 성공과 실패에 매달려 있었다면 역사는 그들을 기억하지 못할 것입니다. ·

잔을 비우시오

지식과 재능이 뛰어나기로 소문난 사람이 있었다. 그러나 어느 곳에서든지 그의 재능과 지식을 제대로 알아주지 않았다. 그럴 때마다 그는 불평을 늘어놓았고, 자신의 재능을 높이 사주고 인정해 주는 직장을 찾아다녔지만 그는 몇 달을 버티지 못하고 그만두곤 하였다.

그런 그에게 어느 날 친구가 찾아오자 그는 친구를 붙들고 자신의 이야기를 늘어놓았다. 한참 동안 그의 불평을 듣고 있던 친구가 조용히 말했다.

"세상이 자네의 재능을 알아주지 않는다고 불평하기 전에 왜 세상이 자네를 필요로 하지 않는지를 알아야 하네. 그것은 자네의 많은 지식 때문이네. 자네는 가득찬 술잔과 같아서 더 이상 새로운 것을 채울 공간이 없단 말일세. 자네는 지식을 뽐내려 들기만 하지 새로운 것을 받아들이려 하지 않기 때문이라네. 자네는 혹시 그런 생각을 해보지 않았는가?"

* * *

어떤 사람이 하는 일마다 실패해서 무척 의기소침해져 용기를 얻고자 현자를 찾았다.

"저는 아무 것도 할 수 없는 무능한 사람입니다. 제 자신이 마치 싸구려 양초 같아요."

그러자 현자는 이 가엾은 사람의 어깨를 두드리며 말했다.

"싸구려 양초라구요? 건초 더미에 불을 옮겨 붙이는 데에는 비싼 양초든 싸구려 양초든 아무 상관이 없습니다. 중요한 건 양초의 가격이 아니라 불을 붙일 수 있느냐, 없느냐에 달려 있거든요."

두 개의 꽃병

한 남자가 도자기 공장 근처에 사는 친구를
방문하였다. 그의 친구는 젊었을 때는 신앙을 가지지 않았
던 사람이었다.

남자는 친구의 집에 도착하여 유리 상자 속에 든 두 개
의 좋은 꽃병을 보고 감탄하여 말했다.

"참 멋있군. 아주 귀한 것이겠지?"

"그렇다네"

"내게 얼마면 팔겠는가?"

친구는 고개를 저으며 말했다.

행복한 부모의 지혜로운 삶

125

"이 세상 돈을 다 준다고 해도 그 꽃병은 절대로 팔 수가 없다네. 미안하네. 자네도 알다시피 내가 몇 년 전만 해도 술주정뱅이에다가 노름꾼이 아니었나! 그런데 어느 날, 동네 사람의 권유로 교회에 다녀오던 길에 우연히 쓰레기더미에서 흙 한 무더기를 발견하게 되었다네. 누군가 쓸데없어서 버린 거라는 생각이 들었지만, 그걸 집에 가져와 반죽을 해서 꽃병을 만들어 구워보았다네. 결국 쓸데없는 흙으로 두 개의 아름다운 꽃병을 만들 수 있었지. 그 날 이런 생각이 들더군. '내가 이런 일을 할 수 있다면 하느님께서도 나를 가지고 똑같은 일을 하실 수 있을 거야!' 그때부터 난 내 자신을 하느님의 손에 내맡기고 하느님께서 날 새사람으로 만들어주시길 기도했네. 결국 쓰레기장의 흙무덤 같은 나를 아름다운 꽃병으로 만들어 주셨다네."

＊ ＊ ＊

"하느님은 쓸데없는 물건은 하나도 만들지 않으신단다. 너도 꼭 무엇엔가 귀중하게 쓰일 거야."

권정생 선생님의 동화에 나오는 한 구절입니다.

때론 힘들어하며 방황의 길을 걷는, 문득 자신의 자리를 잃고 고뇌하는 우리의 젊은이들에게 이 한 구절이 힘이 되었으면 좋겠습니다. 그리하여 자신을 필요로 하는 그곳으로 두 팔 걷어올리고 다시 힘차게 뛰어갈 수 있었으면 좋겠습니다.

행복의 비밀

소녀는 유난히 슬프고 외로운 기분으로 산책을 하다가 가시나무에 날개가 걸린 나비 한 마리를 발견하였다. 헤어나려고 버둥대면 댈수록 나비의 연약한 몸은 더욱 깊게 가시에 찔렸다. 어린 소녀는 조심스럽게 나비를 풀어 주었다. 나비는 날아가지 않고 그 자리에서 아름다운 요정으로 변했다. 소녀는 믿을 수가 없었다.

요정이 소녀에게 말했다.

"나를 구해준 친절에 보답하기 위해서 소원을 하나 들어주겠어요."

소녀는 잠시 생각하다가 대답했다.

"행복해지고 싶어요."

요정은 소녀에게 행복의 비결을 말해주고는 흔적도 없이 사라졌다.

세월이 지나 소녀는 어른으로 자랐고 그녀보다 행복한 사람은 어디에서도 찾아볼 수 없었다. 사람들은 그녀에게 행복의 비밀이 무엇이냐고 물었다.

"내가 어렸을 때 요정이 내게 가르쳐 준대로 했더니 행복하게 되었어요."

그녀가 더 나이가 들어서 죽게 되었을 때 이웃 사람들은 그녀가 행복의 비밀을 가르쳐 주지 않은 채 죽을까봐 걱정이 되어 몰려왔다.

"제발 행복의 비밀을 말해 주세요."

그녀는 미소를 지으며 말했다.

"요정이 내게 이렇게 말했어요. 이 세상 사람들이 부유하건 가난하건 늙었건 젊었건 모두 나를 필요로 하도록 행동하라고 말이에요."

이 세상에 당신을 필요로 하는 사람이 있나요? 당신은 당신의 삶만을 돌보기에 바쁘지는 않았나요. 당신 곁에는 언제나 당신의 이웃이 있습니다. 그들을 잊고 살지는 않았는지요.

고요한 게으름

스승은 걱정이 태산 같았다. 수많은 제자가 있었지만 마음에 드는 제자가 한 명도 없었기 때문이다. 참선을 하라고 일러도 잠만 자기가 일쑤이고 밭에서 일을 하는가 하고 내다보면 일하는 자는 하나도 없고 잡풀만 무성하게 자라고 있었다.

어느 날 스승은 이 한심한 제자들을 모아 놓고 말했다.

"정말이지 너희들이 이렇게 게으르니 도를 깨치기는 애초에 틀려버린 것 같구나. 그러나 어쩌겠느냐. 내 수명이 얼마 남지 않았고 이 절을 맡길 후계자도 찾아야 하겠으니, 차라리 너희들 중에 가장 뛰어난 게으름뱅이를 뽑아이 절을 맡기겠다. 지금부터 이 당나귀를 타고 저 언덕 위를 돌아오너라. 가장 늦게 다녀온 자가 선택될 것이니라."

이 말이 떨어지자마자 제자들은 당나귀를 타고 출발했다.

그래도 절의 주인이 되고 싶은 욕심에 제자들은 평소의 장기인 게으름을 한껏 피웠다. 어떤 제자는 당나귀의 고삐를 당겨서 못가게 했고, 혹은 당나귀를 거꾸로 모는가 하면 또 어떤 제자는 제자리에서 빙빙 돌기만 하였다.

그런데 유독 한 제자는 당나귀를 타고 쏜살같이 언덕을 돌아왔다. 마치 절의 주인이 되기를 완전히 포기하거나 체념한 듯 싶었다. 스승이 그 제자를 불러 물었다.

"내 분명히 게으른 사람을 뽑는다 하여 모두들 천천히 다녀오려고 아우성인데, 너는 어째서 그렇게 빨리 다녀오느냐? 절의 주인이 되고 싶지 않은 것이냐?"

그러자 제자가 아주 귀찮은 표정으로 대답하였다.

"아닙니다. 당나귀가 달리는 대로 그냥 두었을 뿐입니다. 고삐를 당기는 것이 귀찮아서…"

* * *

    고요히 앉아본 뒤에야 보통 때의 기운이 경박했음을 알았습니다. 침묵을 지킨 뒤에야 지난날의 언어가 조급했음을 알았습니다. 일을 되돌아 본 뒤에야 전날에 시간을 허비했음을 알았습니다. 문을 닫아 건 뒤에야 앞서의 사귐이 지나쳤음을 알았습니다. 욕심을 줄인 뒤에야 예전의 잘못이 많았음을 알았습니다.

더불어 살아간다는 뜻은 서로가 서로를 의지하며 살
아간다는 것을 의미합니다. 나무 하나가 옆에 나무에
의지하면서 자라나 웅장한 숲을 이루는 것처럼 우리
의 생활도 어깨동무를 한 모습으로 함께 어우러져야
합니다. 도움을 주고 도움을 받는 것 자체에서 스스로
의 존재가치를 찾을 수 있기 때문입니다.

3

사랑의 향기

나무의 가르침

숲 속에서 나무들이 한가롭게 이야기를 나누고 있었다.

"나는 엄청나게 큰 궁전의 대문이 되고 싶어. 그렇게 되면 하다못해 왕까지도 나를 거치지 않고는 궁전에 들어갈 수가 없지 않겠어? 게다가 미천한 사람들은 감히 나를 지나갈 꿈도 꾸지 못할 테니 얼마나 멋진 일이야?"

"나는 장군의 지휘봉이 되고 싶어. 나 하나의 움직임으로 수많은 군인들이 움직이는 거라구. 생각해 봐! 얼마나 신나는 일이겠어!"

모두들 꿈에 부풀어 떠들고 있을 때 혼자 조용히 눈을 감고 있는 큰 나무가 하나 있었다. 다른 나무들이 그 나무를 보며 말했다.

"이봐, 너는 왜 조용히 있는 거지?"

그러자 곁에 있던 나무 하나가 대신 입을 열었다.

"저 나무를 좀 보라구. 저 나무는 정말 쓸모가 없는 나무라구. 저 가지를 좀 봐. 가지에 옹이가 많아 아무것도 만들 수가 없어. 또 땔감으로도 쓸 수가 없다구. 연기가 해로운 나무라서 말이야."

다른 나무들이 모두 배를 잡고 웃었지만 정작 그 나무는 조용히 입을 다물고 있을 뿐이었다.

며칠 뒤 수백 명의 목수들이 그 곳으로 찾아와 벌목을 시작했다. 거대한 궁전을 짓기 위해서였다 모든 나무들이 다 잘려지고 커다란 나무만 남았지만 목수들은 그 나무는 쳐다보지도 않았다. 마침 그 길을 지나가던 나그네가 벌목하는 장면을 구경하고 있다가 목수에게 물었다.

"어찌하여 이 큰 나무는 베지 않습니까?"

"이 나무는 쓸모가 없습니다. 그냥 두어 그늘이나 만드는 것이 적격이지요."

이 말을 들은 나그네는 고개를 끄덕이며 혼잣말을 하

였다.

"나도 반드시 이 나무같이 되어야겠구나. 이 세상에서 살아남고 싶다면 이렇듯 쓸모 없이 되어야 하는 것이구나. 그러면 아무도 나를 해칠 생각을 하지 않을 것이니 말이다. 내가 만약 쓸모 있는 사람이 된다면 저 나무들처럼 잘려져 가구가 되든지 건물의 기둥이 될 것이다. 그리하여 마침내 수명이 다하면 땔감으로 불태워질 것이다. 저렇게 잘리지 않은 나무에게 인생을 배우는구나. 그래야만 어떤 위협도 없는 상태에서 가지를 뻗고 잎새를 펼칠 수 있는 것이로구나. 그리하여 마침내 수천 수만의 사람들이 내 그늘 아래에서 휴식을 취할 것이 아닌가!"

✱ ✱ ✱

웨스트민스터 대성당에 이런 글이 있습니다.

내가 젊고 자유로워서 상상력에 한계가 없을때 나는 세상을 변화시키겠다는 꿈을 가졌었다. 좀더 나이가 들고 지혜를 얻었을 때 나는 세상이 변하지 않으리라는 것을 알았다. 그래서 내 시야를

약간 좁혀 내가 살고 있는 나라를 변화시키겠다고 결심했다. 그러나 그것 역시 불가능한 일이었다. 황혼의 나이가 되었을 때 나는 마지막 시도로 나와 가장 가까운 내 가족을 변화시키겠다고 마음을 정했다. 그러나 아무도 달라지지 않았다. 이제 죽음을 맞이하기 위해 자리에 누운 나는 문득 깨닫는다. 만약 내가 내 자신을 먼저 변화시켰더라면 그것을 보고 내 가족이 변화되었을 것을 또한 그것에 용기를 얻어 내 나라를 더 좋은 곳으로 바꿀 수 있었을 것을 그리고 누가 아는가 세상까지도 변화되었을지!

모든것은 나로부터 시작된다.
그리고 모든 것은 내 안의 문제이다.

청년의 선택

청년이 어느 스승 밑으로 들어가 십 년 세월을 보내고 나서 경전을 읽을 수 있게 되었고 주변 사람들에게도 능력을 인정받기에 이르렀다. 청년은 스스로 무척 만족해하며 한 차원 더 높은 경지를 위하여 몸을 아끼지 않고 수행을 거듭하였다.

그러던 어느 날 스승이 그를 불러서 물었다.

"이제 너한테는 선택이 필요하다. 두 개의 길이 있는데, 하나는 구도자가 되어 신과 진리만을 추구하는 길이고, 또 하나는 한 여인과 결혼하여 살면서 신에 대한 추구를 계속하는 방법이다. 자, 어찌하겠느냐?"

청년은 매우 영리하였다. 그래서 끊임없이 욕망과 싸워야 하는 구도자의 길이 얼마나 험난한 길인지 잘 알고 있었기 때문에 자신의 솔직한 심정을 털어놓았다.

"스승님, 저는 지금까지 수행해 오면서 욕망을 억제한다는 것이 얼마나 힘겨운 싸움인지 깨달았습니다. 그리고 평범한 여인과의 결혼생활이란 부질없는 집착과 욕망으로 얼룩진 쾌락과 고통의 연속이며 그 속에서 자신의 내면을 추구하기란 무척 어렵다는 사실도 잘 알고 있습니다. 하지만 저는 솔직히 후자를 선택하고 싶습니다. 제가 한 여인과 결혼하여 그 여인과 함께 마음속의 신을 발견하려고 애쓰고 또 쾌락과 진정한 사랑을 구분할 수만 있다면 그 생활이 오히려 진리를 향해 가는 지름길이 될 수 있을 것이라고 생각하기 때문입니다."

스승이 흡족한 표정을 지으며 고개를 끄덕였다.

"됐다. 너는 이미 인생의 참모습을 이해하고 있구나."

* * *

    구도자의 길은 나를 갈고 닦아 더 큰 나로 만드는 길이 아니라 나 자체를 완전히 버리는 길입니다. 나를 버리면 아무 것도 남지 않는 것이 아니라 모든 것이 되기 때문입니다. 그릇이 크면 담을 수 있는 양도 많아집니다. 그러나 아무리 큰그릇도 세상을 담을 수는 없습니다. 그릇이 아예 없다면 이제 세상은 그 그릇 속에 다 담긴 것과 다름이 없습니다. 도를 깨우치는 일은 세상의 교묘하고 멋진 것들을 골라 모으는 일이 아니라 세상의 모든 것들을 끌어 안는 것입니다.

노인과 부자 상인

어느 부유한 상인이 기차 여행을 나섰는데 우연히 가난한 노인과 마주앉게 되었다. 부자는 한껏 거드름을 피우면서 노인을 무시하기 시작하였다. 그는 가난한 노인의 옷차림을 자신의 화려함과 일일이 비교해 가면서 멸시하였다.

역에 기차가 도착하자 부자 상인과 노인이 우연히 함께 내리게 되었다. 기차에서 내리던 부자 상인은 역에 수많은 사람들이 모여 있는 모습을 보고서 깜짝 놀랐다. 그들은 멀리서 오는 어느 이름 높은 수도승을 환영하려고 모인 것이었다. 그런데 놀라운 것은 그들이 기다리던 수도승이 바로 자신과 얼굴을 마주하고 함께 여행한 바로 그 초라한 노인이었다.

이름이 높고 지혜가 뛰어난 수도승과 더불어 여행을 하면서도 변변한 대화도 한 번 하지 못했을 뿐만 아니라 그를 드러내 놓고 모욕을 한 것이 죄송했던 부자 상인은 체면을 무릅쓰고 인파를 헤치고 노인에게 다가갔다. 마침내 노인과 얼굴을 다시 마주하게 된 부자 상인은 자신의 잘못을 털어놓으면서 용서를 구하였다.

그러나 늙은 수도승이 그를 바라보면서 나직이 말하였다.

"안됐지만 당신이 굳이 용서를 받고 싶다면 세상에 있는 모든 가난한 노인들을 일일이 찾아다니면서 용서를 구해야 할 것이오."

* * *

외부로 드러나는 모습만 보고 남을 무시하지 마십시오. 초라해 보인다고 과소평가하지도 마십시오. 나무도 보이지 않는 뿌리가 땅속에 깊이 내려져 있기에 견딜 수 있는 것이며, 빙산도 보이는 부분보다는 물 속에 감추어진 부분이 더 큽니다. 누구나 내면에 깊이 감추어진 능력이 있습니다. 단지 보이지 않는다고 무시해서는 안 됩니다.

농부의 감사

도시에서 학문을 어느 정도 닦았다고 스스로 인정하는 사람이 시골에 사는 농부를 방문하게 되었다. 농부는 새벽부터 종일 부지런히 밭에 나가서 일했고 도시 사람은 그런 그를 바라보며 하루를 보냈다.

농부는 고된 하루를 마친 뒤에 도시 사람과 식탁을 마주하였다. 농부는 준비된 음식을 먹기 전에 먼저 신에게 감사의 기도를 드렸다.

그러자 도시 사람이 농부에게 물었다.

"당신은 하루 종일 직접 수고해서 먹을 것을 마련하였는데 어째서 그렇게 기도를 하는 겁니까? 당신이 이 정도의 생활을 하는 것은 지극히 당연한 일인데 무엇 때문에 신에게 감사해 하는지 나로서는 잘 이해가 가지 않는군요."

농부가 도시 사람을 바라보며 말했다.

"내 농장에는 당신과 똑같은 생각을 하는 놈이 있소이다. 그놈이 바로 돼지라는 놈이오. 그 놈은 주인인 내가 하루도 거르지 않고 먹을 것을 가져다주어도 당연하게 생각할 뿐 전혀 감사하는 마음을 가질 줄을 모른다오."

* * *

밀레의 만종을 보면 해가 질 무렵 들에서 일을 끝내고 저녁종이 울리는 가운데 부부가 감사의 기도를 드리는 모습을 볼 수 있습니다.

이른 아침부터 하루 종일 거친 밭일을 해왔으나 한 마디 불평도 없이 오히려 감사해 하는 모습을 보면서 신은 정녕 그런 사람들에게 축복을 내리실 것입니다.

진정한 스승

덕망이 높고 위대한 현자가 임종 직전에 있을 때 누군가가 이렇게 물었다.

"당신의 스승은 누구였습니까?"

그가 대답했다.

"나에게는 수천 수만의 스승들이 계셨습니다. 그들의 이름만 나열하는 데에도 몇 달, 몇 년이 걸릴 것입니다. 그렇게 되면 나는 죽을 시간을 놓치고 말 것입니다. 하지만 이 한 명의 스승만큼은 정말 잊을 수가 없습니다.

그 스승은 도둑이었습니다.

149

행복한 바보의 지혜로운 삶

어느 날 여행 중에 길을 잃은 나는 어떤 마을에 도착하게 되었습니다. 시간이 너무 늦었기 때문에 거리에는 사람 하나 찾아 볼 수가 없었습니다. 그러다 어떤 집의 담에 구멍을 뚫으려고 하는 사람을 발견하게 되었습니다. 내가 그에게 하룻밤 머물 곳을 묻자 그가 이렇게 말했습니다.

"이렇게 밤늦은 시간에 어디서 머물 곳을 찾겠소. 나 같은 도둑과 함께 있는 것만 괜찮다면 내 집에서 하룻밤 묵어도 좋소."

나는 하룻밤이 아니라 한 달 동안을 그 도둑과 함께 지냈습니다. 매일 밤 그는 이렇게 말하곤 하였습니다.

"자, 이제 나는 물건을 훔치러 갑니다. 당신은 여기서 푹 쉬면서 나를 위해 기도해 주시오."

그가 돌아오면 나는 이렇게 물었습니다.

"무엇이라도 훔쳤소?"

그는 말했습니다.

"오늘밤은 실패했소. 하지만 신의 뜻이 그렇다면 내일밤 나는 또다시 시도할 것이오."

그는 단 한 번도 절망한 적이 없었으며 언제나 행복에 넘쳤습니다. 여러 해를 명상과 사색을 계속했음에도 불구하고 결국에 가서는 아무것도 얻은 것이 없는 나는 늘 깊은 절망에 빠져 이 모든 어리석은 짓을 포기하려고 마음먹곤 했었습니다. 그럴 때면 매일 밤 이렇게 말하던 그 도둑이 생각났습니다.

"신의 뜻이 정 그렇다면 내일은 아마도 뭔가 소득이 있을 것이오!"

그 도둑 덕분에 나는 포기하지 않고 수행을 계속할 수 있었습니다.

* * *

도를 터득하기 위해 깊은 산 속으로 들어가 면벽좌선을 하는 것도 좋은 방법입니다. 그러나 시장통에 앉아 100원에 목숨을 걸며 처절하게 하루를 살아가는 사람도 산 속에서 좌선하는 이 못지 않은 철학을 깨우칠 수 있는 것이 세상의 이치입니다. 방법이 아니라 마음이 문제이기 때문입니다.

사랑이란 이름의 아들

한 나라의 왕이 자신이 다스리는 작은 마을을 방문했다. 그 마을은 사람들간의 빈부의 격차가 매우 심해서 부자는 가난한 사람들을 게으름뱅이라고 욕했으며 가난한 사람들은 부자를 일컬어 뱃속에 기름이 잔뜩 낀 비곗덩어리라고 서로를 헐뜯고 있었다.

왕은 마을 사람들이 자신을 위해 베푼 연회가 끝날 무렵에 마을 사람들에게 말했다.

"나의 사랑하는 왕자가 볼일이 있어 당분간 이곳에 머물며 지내게 되었으니 부디 내 자식을 사랑으로 잘 대해 줄 것을 부탁하노라."

왕은 마을 사람들의 간곡한 부탁에도 불구하고, 끝내 왕자가 몇 살이며 어느 곳에서 누구와 살고 있는지 밝히지 않고 그 마을을 떠났다.

그 후 마을 사람들은 어느 아이가 왕자인지 몰라 거리에서 만나는 모든 아이들에게 친절하고 다정하게 대했다. 아이들을 사랑으로 대하다 보니 어른들끼리도 서로 헐뜯지 않게 되었고 마침내는 서로 웃으며 인사를 나누게 되었다. 마을은 점차 사랑과 인정이 넘치는 곳으로 변하게 되었다.

일 년이 지난 뒤 왕이 다시 그 마을을 방문했을 때 마을의 촌장이 말했다.

"폐하, 얼굴도 모르는 왕자님 때문에 우리 마을이 이렇게 달라졌습니다. 이제 왕자님이 누구인지 밝히시고 궁으로 데리고 가셔야 하지 않겠습니까?"

촌장의 말을 들은 왕은 한바탕 큰소리로 웃음을 터뜨리며 대답하였다.

"궁궐에 잘 있는 왕자를 또 어디로 데려간다는 말인가? 내가 이곳에 남겨놓고 간 것은 왕자가 아니라 사랑이라는 이름의 자식일세. 그 자식이 이렇듯 커서 이 마을을 이토록 아름답게 만들었는데 내가 어찌 데려가겠는가!"

153

* * *

우리는 살면서 많은 것을 원하고 있습니다. 사랑 받기를 간절히 원하고 누군가의 삶에서 자신이 아주 중요하게 여겨지기를 원합니다. 하지만 이 세상 모든 사람이 다 그렇게 된다면 진정한 사랑은 이 세상에 존재할 수 없을 것입니다. 사랑은 베풀면 반드시 자신에게 돌아오게 된답니다. 이것은 진리입니다.

종종 사랑이 멀게만 느껴지기도 하지만 사랑은 그것을 보내는 사람과 받을 사람을 연결시켜주는 신비를 지니고 있습니다.

부모님의 난초화분

한 마을에 삼 형제가 옹기종기 모여 살고 있었는
데 부모님이 돌아가시자 형제끼리 재산을 골고루 분배하
게 되었다. 그런데 다른 재산을 분배할 때는 별다른 어려
움이 없었던 형제들은 부모님이 아끼던 난초 화분을 두고
서로 자기가 가져야 한다고 다투게 되었다.

그 난초 화분은 가까운 친척이 외국여행에서 돌아오면
서 선물한 것으로 생김새는 물론 꽃의 향기도 그윽하여 처
음 보는 사람이라면 누구나 탐을 낼만큼 귀한 물건이었다.

난초 화분을 서로 갖겠다고 한참 승강이를 벌이던 형제
들은 결국 난초 화분을 내다 팔아 그 돈을 나눠 갖자는 데

합의를 했다.

그런데 삼 형제가 그런 결정을 하자마자 난초는 금방 그 싱싱함과 생기를 잃어버리고 시들시들해졌다. 깜짝 놀란 삼 형제는 어쩔 줄 몰라하다가 마을에서 제일 나이가 많고 지혜롭기로 소문난 어르신을 찾아뵙고 시든 난초 화분을 보이며 사정을 이야기하였다.

삼 형제의 말을 모두 들은 마을 어르신은 꾸짖으며 말했다.

"잘 듣게. 자네들의 눈에는 이 난초가 몇 푼의 값어치가 있는 돈으로 보일지 모르지만, 여기에는 돈으로 환산할 수 없는 자네 부모님의 정성과 애정이 들어 있네. 그러니 자네들이 난초 화분을 내다 팔면 살아생전 난초를 아끼던 부모님의 마음 또한 그렇게 팔아버리게 되는 셈일세."

그제야 형제들은 크게 깨달아 난초 화분을 내다 팔지 않고 각자의 집에서 며칠씩 번갈아 가며 돌보기로 하였다.

시들해졌던 난초는 형제들의 사랑을 받아 예전처럼 싱싱한 모습으로 생기를 되찾았고, 돌아가신 부모님의 흐뭇한 미소를 닮은 아름답고 향기로운 꽃을 피웠다.

　나에게는 어머니가 있습니다. '어머니' 하고 마음속으로 불러보면 하늘나라에서도 따뜻하게 대답해주는 어머니가 계시기에 이것 하나만으로도 나는 행복한 사람입니다.

　나에게는 아버지가 있습니다. '아버지' 하고 마음속으로 불러보면 하늘나라에서도 정답게 대답해주는 아버지가 계시기에 이것 하나만으로도 나는 행복한 사람입니다.

　나에게는 감사가 있습니다. 나를 낳아주고 길러주고 가르쳐주신 고마운 분들의 은혜를 잊지 않고 그분들께 진심으로 감사하는 마음이 내 안에 있기에 이것 하나만으로도 나는 행복한 사람입니다.

새까만 페이지

어떤 사람이 꿈에 하늘나라에 가게 되었다. 하늘
나라에 가보니 천사가 큰 책을 앞에 갖다 놓았다.

"이것이 무슨 책입니까?"

천사가 대답하였다.

"그 책 안에는 당신이 세상에 있을 때 행한 모든 것이 기
록되어 있습니다."

첫 장을 들추자 작은 글씨가 가득 씌어 있는 것이 보였다.

"이것이 무슨 기록입니까?"

"당신이 세상에 살 때 지은 죄입니다."

그 다음 둘째 장을 들춰보았다. 그런데 그 속에는 더 작은 글씨로 가득 채워져 있었다.

"이것은 당신이 세상에 살 때 말로 지은 죄들입니다."

그 다음 셋째 장을 들여다보자 둘째 장보다 더 작은 글씨로 가득 채워진 것이 보였다.

"이것은 무슨 기록입니까?"

"이것은 당신이 마음 가운데서 생각으로 지은 죄입니다."

생각으로 지은 죄는 더 많았던 모양이다.

그리고 한 장을 또 들추어보니 이번에는 글자는 전혀 보이지 않고 새까만 종이만 보였다.

"그럼 이것은 무엇입니까?" 하고 그가 이상하다는 듯이 묻자 천사가 대답했다.

"이것은 바로 당신의 마음입니다."

＊ ＊ ＊

원래 마음의 바탕은 맑고 깨끗합니다. 내가 나를 위해 무엇을 하겠다는 마음을 먹는다든지, 또는 내것을 만들겠다고 욕심을 일으킬 때 마음은 그쪽으로 기울어져 물들어갑니다.

한 번 물들어 버리면 다시 맑고 깨끗해지기는 어려운 법입니다.

흰 헝겊이 때묻어 검어지기는 쉽지만, 한번 때묻어 검어진 헝겊이 다시 흰 헝겊으로 돌아오기는 매우 어려운 것과 같은 이치입니다.

운명의 문

세상을 등지고 앞으로 펼쳐질 운명의 문 앞에 선 노파가 계속 눈물을 흘리고 있었다. 그 문 앞에는 앞으로 펼쳐질 운명이 적혀 있었지만 눈물이 앞을 가려 도저히 글을 읽을 수가 없었다. 노파가 곁에 서 있던 천사에게 울먹이며 물었다.

"이렇게 죽어서 운명의 문 앞에 서게 되었는데도 눈물이 흘러 앞을 볼 수가 없군요. 저 문 앞에 써 있는 글을 좀 읽어 주시겠습니까? 저 문이 천국으로 가는 문인가요, 아니면 지옥으로 가는 문인가요?"

천사는 아까부터 눈물을 흘리는 노파에게 물었다.

"그런데 왜 그렇게 아까부터 울고 계시나요?"

노파는 가만히 생각에 젖더니 이윽고 대답했다.

"세상에 남겨 두고 온 것들이 생각나서 그럽니다. 50년을 같이 살았던 남편을 두고 온 슬픔도 크고, 기쁨과 슬픔으로 가득했던 내 삶에 대한 기억들이 눈에 선해서 그럽니다."

"그렇군요, 할머니. 이 문은 천국으로도 지옥으로도 갈 수 있는 문이랍니다. 그런데 한 가지만 물어도 될까요? 지난 일들과 두고 온 남편을 생각하며 눈물을 흘리는 이유가 그간 지내온 할머니의 인생이 후회스럽기 때문인가요, 아니면 축복이었다고 생각하기 때문인가요?"

천사의 말에 노파는 곰곰이 생각하면서 인생을 뒤돌아보았다. 그리고 자신 있게 말했다.

"한 가지는 분명합니다. 제 인생을 다른 인생으로 바꾸어서 다시 시작하고 싶다는 생각은 들지 않습니다."

그리고 노파의 얼굴에는 눈물과 함께 서서히 미소가 피어오르기 시작했다.

노파가 다시 말했다.

"지금 생각하니 내가 당신에게 괜한 질문을 한 것 같습니다. 저 문이 천국으로 통하는 문이든 아니면 지옥으로 통하는 문이든, 그건 중요한 게 아니라는 생각이 듭니다. 다만 그 문이 내 앞에 있으니 열고 들어가는 것이지요. 그게 바로 인생이 아니던가요!"

✳ ✳ ✳

흐르는 시간은 모든 이에게 공평합니다. 그는 조금의 감정도 편견도 없이 제 길을 갑니다. 행복한 이에게는 행복한 시간이, 마음이 아픈 이에게는 마음 아픈 시간이 흘러갑니다. 그리고 그 흘러간 시간이 모여 인생이 됩니다. 그리하여 먼 훗날 의로운 이에게는 의로운 역사가, 사악한 이에게는 사악한 역사가 남아 영원토록 잊지 않고 기억하게 됩니다.

준비와 도전

바로 이웃하여 사는 두 집이 있었다. 그리고 그 집에 살고 있는 두 청년은 어렸을 때부터 친하게 지내온 친구였다. 한 가지 다른 점이 있다면 한 청년은 부자요, 다른 한 청년은 가난하다는 것뿐이었다.

어느 날 가난한 청년은 부자 청년의 집을 찾아가 이렇게 말했다.

"이보게 친구, 우리 여행을 떠나 보지 않겠나? 새로운 풍물도 접해 보고 새로운 사람도 만나고 말일세. 자네도 늘 여행을 해보고 싶다고 하지 않았나? 우리 말 나온 김에 내일 떠나세."

"물론 나도 함께 여행을 떠나고 싶네. 하지만 나는 아직 준비가 되지 않았어. 게다가 못다한 일이 너무 많다네."

"준비? 준비할 게 뭐 있나? 두툼한 외투 한 벌이면 충분하지 않겠나?"

"자네는 여행을 너무 쉽게 생각하는군. 솔직히 말하자면 나는 몇 해 전부터 여행을 준비해 왔다네. 여행 도중에 어떤 위험이 있을지 모르는데 아무런 준비도 없이 무슨 여행을 떠난다고 하는가?"

부자 친구의 말을 듣고 있던 가난한 청년이 말했다.

"어쨌든 나는 내일 출발하겠네. 같이 가고 싶으면 내일 만나세."

그러나 결국 여행을 떠난 것은 가난한 청년 혼자였다. 그리고 1년이 지난 뒤 가난한 청년은 여행을 마치고 돌아왔다. 가난한 청년은 집에 돌아오자마자 부자 친구를 찾아가 자신의 체험과 신나는 일들을 들려주었다.

이야기를 듣고 있던 부자 청년이 이렇게 말했다.

"자네의 이야기를 들으니 고생이 아주 심했군. 내가 여행을 가지 않은 게 천만다행이라는 생각이 드는군. 그렇게 준비도 없이 떠나는 게 아니라고 내가 말하지 않았나?"

"이보게 친구, 나는 자네에게 가장 부족한 것이 무엇인지 알고 있다네. 그런데 자네는 아직도 그것을 모르겠나?"

✳ ✳ ✳

　인생은 항상 자신이 원하는 방향으로 흘러가는 것은 아닙니다. 인생이 어떠해야 한다고 미리 결정하는 그 순간부터 새로운 것을 즐기고 배울 수 있는 기회와는 점점 멀어집니다.

커다란 돌

왕이 백성들의 마음을 알아보고 싶어 밤중
에 몰래 길바닥에 커다란 돌 한 개를 가져다 놓았다. 아침
이 되자 사람들이 그 길을 지나다니기 시작했다.

장사를 하는 사람은 돌이 가로놓여 있는 것을 보고는 화
를 내며 옆으로 피해서 지나갔다.

"누가 이 큰돌을 길 한복판에 들어다 놓았지?"

관에서 일하는 사람은 이렇게 투덜대며 비난과 불평을

늘어놓을 뿐 그 큰돌을 다른 곳으로 치우려고 하지 않았다.

얼마 뒤에 한 농부가 채소를 가득 실은 수레를 끌고 지나가게 되었다. 돌 앞에서 걸음을 멈춘 농부는 큰돌을 길가로 옮기기 시작했다.

"이렇게 큰돌이 길 한복판에 놓여 있으면 지나다니는 사람들이 얼마나 불편을 겪겠어!"

수없이 들어올리고 밀어낸 끝에 마침내 농부는 돌을 치우는 데 성공하였다.

그런데 돌이 놓여 있던 자리에 반짝이는 보석 주머니와 함께 편지가 들어있었다.

"이 보석은 돌을 치운 분의 것입니다."

✻ ✻ ✻

할아버지와 손자가 밭에 콩을 심었습니다. 손자는 땅에 구멍을 파고 콩 한 알을 묻었고, 할아버지는 땅에 구멍을 파고 콩 세 알을 넣었습니다.

손자가 물었습니다.

"할아버지, 왜 아깝게 한 구멍에 콩을 세 알씩이나 넣으세요?"

할아버지가 말했습니다.

"콩 한 알은 땅에 사는 벌레가 먹고 또 한 알은 날아다니는 새가 먹고 마지막 한 알은 싹이 나서 우리가 먹는 거란다."

세상은 함께 살아가는 곳입니다.

가난 속의 풍요로움

경제적으로 부유한 가정이 있었다. 그러나 아버지는 자신의 아들이 너무 부유한 생활에만 익숙해 있다는 것이 걱정이었다.

'진정한 인생을 알기 위해서는 가난도 알아야 할텐데…'

아버지는 아들에게 가난을 알려주기 위해 여행을 떠났다.

여행을 떠나 얼마나 지났을까. 그들은 가난한 어느 집에서 하루를 보내게 되었다. 그 집에서 하루를 묵고 다음날 길을 떠나며 아버지가 아들에게 물었다.

"이번 여행에서 무엇을 느꼈지? 말해 보거라."

"정말 좋았어요. 아버지."

"오 그래? 그거 참 다행이구나. 가난한 사람들이 어떻게 살고 있는지 잘 보았겠지?"

"그럼요."

"그래서 무엇을 느꼈지?"

"우선 말이에요. 우리 집에는 개가 한 마리뿐인데 그 집에는 네 마리나 있었어요. 우리 집 풀장은 정원 중간까지인데 그들에게는 끝도 없이 넓은 호수가 있었어요."

아버지는 전혀 예상치 못한 아들의 이야기에 깜짝 놀라고 있었지만 아들은 계속 이야기를 이어갔다.

"우리 집 정원에는 몇 개의 램프가 서 있지만 그들에게는 수를 셀 수 없을 정도로 많은 별들이 있었어요. 우리 집의 마당은 담장까지가 전부인데 그 사람들의 뜰은 지평선이 닿는 곳까지였어요."

❋ ❋ ❋

네모난 창문을 통해 하늘을 보면 그 하늘은 네모의 모양입니다. 그러나 탁 트인 언덕 위에서 하늘을 보면 그 하늘은 끝없이 펼쳐집니다.

거짓말

현명하다고 자처해 온 왕이 하루는 온 나라를
도덕적으로 만들 수 없을까 하고 생각한 끝에 한 가지 조
치를 취하였다.

"오늘부터 어느 누구도 거짓말을 해서는 안 된다. 앞으
로 만일 거짓말을 하는 자는 무서운 형벌에 처할 것이다."

신하들은 모두가 당연한 조치라고 하였으며, 거짓말을
한 사람은 거리에 끌어내어 교수형에 처함으로써 백성들
에게 본을 보여야 한다고 하였다.

이때 한 신하가 말했다.

"좋습니다. 내일 아침에 당신들 모두는 성문 앞에서 나를 보게 될 것입니다."

그러자 이상하게 생각한 신하 하나가 물었다.

"그게 무슨 뜻이오?"

"내일 저는 교수대에서 처형될 것이므로 성문 앞에서 모두를 보게 될 것입니다. 만약 제가 교수형에 처해지지 않는다면 저는 지금 거짓말을 하는 것이 됩니다. 그러니 교수대를 준비해 주십시오."

"당신 미쳤소?"

"저는 언제나 미쳐 있습니다."

이것은 왕권에 대한 도전이었다. 그래서 즉시 왕은 교수대를 준비하도록 명령하였다.

이튿날 아침 성문이 열리자 그 신하는 자신의 당나귀를 타고 들어왔다. 그는 자신이 전날 말한 대로 교수형에 처해지기 위해서 성안으로 들어온 것이었다. 상황이 이렇게 되자 왕은 당황하였다. 만일 그가 교수대에서 처형된다면 그는 진실을 말한 셈이 되고 또 그를 죽이지 않으면 그가 거짓말을 한 셈이 되기 때문이다. 모든 구경꾼들은 왕이 이 상황을 어떻게 처리할지 궁금했다.

그 때 신하가 크게 웃으며 말했다.

행복한 바보의 지혜로운 삶

"이 세상 누가 감히 거짓을 금할 수 있으며 또 누가 비도 덕적인 것을 막을 수 있겠는지요. 이 모든 것이 없는 삶은 상상할 수 없는 일입니다."

* * *

아무도 내일을 장담할 수는 없습니다. 내일은 바로 우리 자신이 만들어가는 창조물이기 때문입니다. 텅 비어 있는 내일이 있기에 우리에게는 희망도 있는 것입니다. 불확실한 것을 두려워하지 마십시오. 그 비어있는 공간을 당신의 희망과 꿈으로 채워 넣으세요. 허황해 보이는 꿈이나 고정관념을 벗어난 상식에 어긋나 보이는 행위가 새로움을 창조하기도 하는 이유는 바로 그 속에 숨어있는 강한 에너지 때문입니다.

황제와 거지

동구 밖 오두막에 현자가 살고 있었다. 그에게는 왕이 자주 찾아와 가르침을 받고 있었기 때문에 하루는 마을 사람들이 현자에게 부탁을 하였다.

"다음에 폐하를 만나시거든 우리들의 소원 한 가지만 말씀해 주십시오. 지금 우리 마을에는 학교가 없으니 학교를 하나 지어주시고 병원도 지어 주신다면 더욱 감사하구요. 폐하께서는 선생님을 만나러 여기까지 직접 오신다니 선생님의 말씀이라면 꼭 들어주시리라 믿습니다."

현자가 말했다.

"좋습니다. 별로 자신은 없지만 그대들의 부탁이니 한

번 해 보기는 하겠습니다."

현자는 다음 날 왕을 찾아갔다. 그는 아침 일찍 궁전에 도착하였다. 그때 마침 왕은 자신이 지은 작은 신전에서 아침 기도를 하고 있었다. 그래서 현자는 기도가 끝나기를 기다리며 신전의 한 쪽에 서 있었다.

그런데 왕은 마지막에 이렇게 기도를 하였다.

"전능하신 신이시여, 제 나라를 더욱 부강하게 해주시고 더 많은 재물을 내리소서."

현자는 그 말을 듣는 순간 신전을 빠져 나왔다. 그 때 기도를 마치고 뒤를 돌아본 왕은 자신의 스승이 돌아서서 가는 것을 보고 황급히 불렀다.

"선생님, 어떻게 오셨습니까? 그런데 왜 그냥 돌아가시는 겁니까?"

현자가 뒤를 돌아보며 말했다.

"저는 이곳에 왕을 만나러 왔습니다. 그런데 제가 이곳에서 만난 사람은 또 하나의 걸인이었습니다. 사실은 폐하께 한 가지 부탁을 하러 왔는데 이제는 그럴 필요가 없게 되었습니다."

"어째서 그런 말씀을 하시는지요?"

"인간은 무엇을 손에 넣든 별 차이가 없다는 것을 깨달고 돌아가는 길입니다."

* * *

욕심은 파멸을 안고 있는 씨앗입니다. 욕심은 매일 새롭게 탄생합니다. 아니 매 시간, 매 순간마다 끝없이 만들어집니다. 그러나 그 욕심을 만족시킬 수 있는 것은 그렇게 빨리 만들어지거나 탄생하지 못합니다. 채울 수 없는 욕심만을 끝없이 생각하고 있지는 않습니까? 그러나 어떤 사람은 다른 사람이 원하는 것을 만족시키기 위한 것들을 매일 열심히 생산해내기도 합니다. 당신은 어느 쪽입니까?

부자의 생일

어떤 부자가 생일을 맞아 마을 사람들을 위해 큰 잔치를 벌였는데, 마을 사람들은 저마다 부자에게 줄 선물을 가져왔다.

어부는 커다란 생선을 가져왔고, 사냥꾼은 자신이 직접 잡은 꿩을 선물했다. 선물을 받은 부자는 크게 기뻐하며 말했다.

"신은 사람들에게 많은 은혜를 베풀어주시지. 산과 들판에는 풍성한 곡식들과 맛있는 과일들을 열리게 하시고 강과 바다에는 물고기를, 하늘에는 새들을 두어 사람이 결코 배고프지 않게 하시니 말이야."

부자의 말을 들은 마을 사람들은 너나없이 모두 고개를 끄덕이며 그렇다고 입을 모았다. 그런데 마당 한구석에서 아무런 말없이 술만 마시고 있던 한 남자가 부자의 말에 반박하고 나섰다.

"당신의 말은 틀렸소. 신이 창조한 천지 만물은 모두가 사람과 같은 귀중한 것이라오. 신은 본래 평등한 분으로 그분의 창조물에 귀함과 천함의 구별이 있을 수가 없소. 다만, 사람이 만물의 영장으로 행세하며 들판의 곡식과 과일을 먹고 강과 바다의 물고기뿐만 아니라 공중의 새들까지 잡아먹고 사는 것이지, 결코 처음부터 신이 사람만을 위해 그러한 것들을 만들지는 않았습니다."

그 사람은 그렇게 말을 끝내더니 자리에서 일어나 잘 먹었다는 한 마디를 남기고 해지는 골목길로 걸어나갔다.

　신은 이 세상을 논리정연하게 만들었지만 인간은 이 세상을 혼돈에 빠뜨렸습니다. 신은 이 세상을 완벽하게 창조했지만 불완전한 인간은 완전해지고자 하는 자신의 욕망을 이기지 못해 혼돈에 빠진 것입니다. 우리가 세상에 눈을 뜰 때 가장 먼저 해야 할 일은 바로 지식을 통해 자신을 깨닫는 일입니다.

생선장수 부부

시장에서 좌판을 벌여놓고 생선 장사를 하는 젊은 부부가 있었다. 그 부부는 새벽 일찍 바닷가에 나가서 금방 잡아 올린 싱싱한 생선만을 가져다 팔았기 때문에 언제나 손님들로 북적거렸다. 또한 다른 가게보다 가격도 싸고 항상 웃는 얼굴로 손님을 대했기 때문에 단골손님들도 많았다.

사람들은 그 생선장수 부부의 금실이 유별나다는 것도 익히 알고 있었다. 점심을 먹을 때면 누구라도 금방 눈치챌 수 있었다. 좌판 곁에다 자그마한 상을 차려놓고 아침에 싸온 도시락을 꺼내 놓으며 아내와 남편은 서로 맛있는 반찬을 상대방 앞에다 가져다 놓느라 항상 숟가락질이 더 뎠다. 그 모습을 본 사람들의 입가에는 어느새 잔잔한 미소가 피어올랐다.

그러던 어느 날부터인가 그 부부의 모습이 보이지 않게 되었다. 이상하게 여긴 사람들이 무슨 일인지 궁금해했지만 아무도 그들 부부의 소식을 아는 사람은 없었다.

두어 달이 지난 이른 새벽녘에 아내는 어디 갔는지 보이지 않고 남자 혼자서만 좌판에다가 생선을 부리고 있었다. 한낮이 되자 시장은 사람들로 북적대기 시작했고 그 부부의 생선 가게에도 사람들이 모이기 시작했다. 평소 단골손님들이 남자에게 아내가 안 보인다고 묻자 남자는 그저 씩 웃기만 할 뿐 아무런 대답도 하지 않았다.

장이 파할 무렵 할머니 한 분이 생선을 사고는 다시 아내의 안부를 물었을 때 그제야 남자는 지는 해를 지그시 바라보더니 아내가 병으로 죽었다고 말했다. 그 소문은 이내 시장에 파다하게 퍼졌고 단골손님들도 그 소식을 듣게 되었다. 모두들 안됐다는 표정으로 그 남자를 동정했지만 여전히 남자는 미소를 잃지 않고 열심히 장사를 하였다.

하루는 단골손님이 물었다.

"아내를 잃고도 어떻게 항상 손님들에게 그렇게 미소를

지을 수 있지요?"

"제 아내가 죽은 것에 대해 손님이 아무런 잘못이 없는 것처럼 저 또한 손님에게 불친절하게 대할 아무런 이유가 없지 않은지요."

* * *

누구든 자신의 운명에 만족하며 살지는 않습니다. 가난한 이는 수많은 배고픔을 겪으며 살고, 부유한 이는 끝없이 마음을 졸이며 삽니다. 정직한 이는 괴롭고, 악한 사람은 모욕을 감내해야 하며, 젊은이는 정열을 참아야 하고, 늙은이는 병들어 아프고…. 그러니 바보가 아닌 이상에는 만족하면서 살아가는 사람은 이 세상에는 없는가 봅니다.

깨달음

욕심이 없기로 칭송이 자자한 왕이 민정시찰을 나섰다. 한 지방 관청의 한직에 있는 늙은 관리가 왕에게 깊은 절을 하였다.

"만수무강하시기를 비옵니다."

왕이 대답하였다.

"고맙지만 나는 사양하겠노라."

"그러하오면 더욱 부가 함께 하시기를 비옵니다."

"그것도 사양하겠노라."

"그러하오면 자손이 번창하시기를 비옵니다."

"그것도 사양하겠노라."

"모든 사람이 부를 누리며 장수하기를 바라고 자손이 번창하기를 원하는데, 폐하께서는 어찌하여 이 모두를 마다하시는지요?"

늙은 관리의 반문에 왕이 만면에 웃음을 띠며 대답하였다.

"오래 살면 그만큼 욕된 일도 많을 것이오, 부유하면 그것을 어찌 관리할까 근심만 늘어날 뿐이다. 또 자식이 많아도 그 중에 못난 자식이 생기면 도리어 걱정만 많아질 것이 아닌가. 그대의 마음이 고맙기는 하지만 그 모든 것이 나의 덕을 기르는 데는 도움이 되지 못하는지라 사양하는 것이다."

이 말을 들은 백성들은 과연 우리 왕은 성인이라며 감탄하였다. 그러나 왕에게 축복을 기원했던 늙은 관리만은 실망한 표정을 감추지 못한 채 돌아서서 중얼거렸다.

"난 우리 왕이 성인인 줄 알았는데 조금 남다른 사람일 뿐이군. 본디 사람이 세상에 태어났을 때는 못나면 못난 대로 저마다의 합당한 이유가 있음인데 자식이 많다 한들 그들에게 각자의 일을 맡긴다면 무슨 걱정이 있겠는가. 또한 재산이 많이 불어난다 해도 이웃에 골고루 나누어주는 데 힘쓴다면 이를 잘 관리하고자 하는 근심이 생길 리 없을 터이고, 올바른 마음으로 사람들과 함께 행복하게 산다면 오래 산들 또 무슨 욕된 일이 있을 것인가!"

이 말을 들은 왕이 말했다.

"그대의 말이 정녕 옳구나. 내 일찍이 이 세상의 욕심을 버리리라 마음먹고 노력하였지만 어느덧 나도 모르는 사이에 자만심을 끊지 못하였음을 이제야 깨달았도다."

* * *

문제가 있으면 피해 가는 사람이 있는가 하면 시간이 걸리더라도 문제를 해결하고 가는 사람도 있습니다.

문제가 생기면 그 문제의 어려움을 설명하여 동정을 구하는 사람이 있는가 하면 그 문제를 풀기 위한 방법을 얻으려고 사람들에게 질문하는 사람도 있습니다.

겨울이 오면 따뜻한 곳으로 옮겨가는 사람이 있는가 하면 외투를 준비하고 땔감을 창고에 쌓아두는 사람도 있습니다. 당신은 어느 쪽입니까?

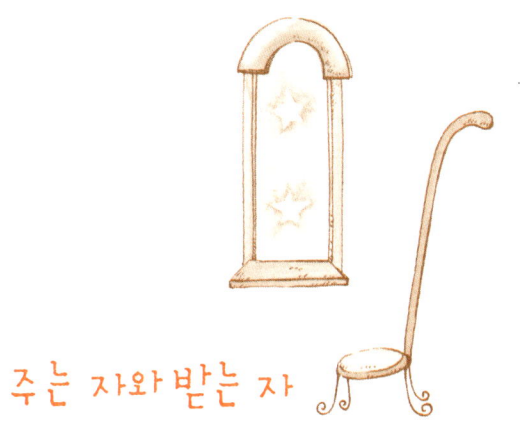

주는 자와 받는 자

운이 좋게도 엄청난 부잣집에 양자로 들어간 아이가 있었다. 그런데 그 아이가 청년으로 성장한 어느 날, 그의 양아버지가 병에 걸려 죽고 말았다. 그 바람에 그는 졸지에 어마어마한 재산을 상속받게 되었다.

원래 착하고 너그러운 성품을 지닌 그는 누가 시키지 않아도 먼저 가난한 이웃을 생각했다. 그도 예전에는 가난한 생활을 했기 때문에 자연스럽게 그런 생각을 할 수 있었던 것이다.

그는 친구와 친척들에게 도움을 주었을 뿐만 아니라 근처 이웃이나 전혀 모르는 사람들에게까지도 온정의 손길을 베풀었다. 그는 남에게 베풀 수 있다는 것이 매우 기뻤다. 그런데 이상하게도 그는 베푼 것에 비해 사람들에게 별로 인기가 없었다. 인기는커녕 어떤 사람들은 그에게 불만을 가지고 있었다.

"참 이상한 일이야! 나는 그들에게 많은 것을 주었는데 왜 나를 싫어하는 걸까?"

그는 절친한 친구에게 찾아가 고민을 털어놓았다. 그러자 친구는 웃으며 말했다.

"자네는 그들이 바라는 걸 뭐든지 다 해주었네. 하지만 자네는 그들을 돕기만 했지, 그들이 자네에게 도움을 줄 기회를 전혀 준 적이 없었네."

"그들이 나를 돕는다고? 나보다 어렵게 사는 그들이 어떻게 나를 도울 수가 있는가?"

"생각해 보게나. 늘 받기만 하는 사람들의 입장에 서서 한 번 생각해 보란 말일세. 그들의 집에 전화를 걸어 이렇게 말해 보게. '당신 집 뜰에 핀 장미가 무척 아름답더군요. 혹시 한 송이만 줄 수 있겠습니까?' 하고 말일세. 아니면 '제가 지금 몸살을 앓고 있으니 잠시 저를 돌봐 주세요!' 라

고 말일세. 그러면 그들은 당장 달려와 자네에게 도움을
줄 걸세. 아주 기쁜 마음으로 말일세."

✻ ✻ ✻

　더불어 살아간다는 뜻은 서로가 서로를 의지하며 살아간다는
것을 의미합니다. 나무 하나가 옆에 나무에 의지하면서 자라나 웅
장한 숲을 이루는 것처럼 우리의 생활도 어깨동무를 한 모습으로
함께 어우러져야 합니다. 도움을 주고 도움을 받는 것 자체에서
스스로의 존재가치를 찾을 수 있기 때문입니다.

젊은이로 남는 것

하루는 제자 하나가 시무룩한 표정으로 앉아 있는 것을 보고 스승이 물었다.

"무슨 일이냐?"

스승의 물음에 제자가 힘없이 입을 열었다.

"늙음 때문입니다."

"늙음이라니?"

"아무리 깨우침을 얻은들 무엇하겠습니까? 사람인 이상 나이가 드는 것은 어쩔 수가 없지 않습니까? 제아무리 싱싱한 꽃들도 시간이 지나면 시들고 마는 걸요."

"아무리 그렇다고 한들 늙고 죽음을 두려워할 필요는 없는 것이다."

"그런데 스승님, 만일 영원히 젊은이로 남는 것이 가능하다면 젊은이로 남는 것과 늙는 것과 어느 것이 더 좋겠는지요?"

스승이 말하였다.

"늙은이가 된다는 것은 앞에는 시간이 없고 뒤에는 많은 허물을 남기고 있는 것이고, 젊은이로 남는 것은 그 반대일진대, 너 같으면 어느 쪽이 더 좋겠느냐?"

✳   ✳   ✳

젊음은 종착역이 아니고 간이역이라고 생각해봅니다.

젊을 때 너무 방종하면 마음의 윤기가 상실되고 너무 절제하면 융통성이 없어진다고 합니다.

젊음을 알맞게 향유하는 지혜가 필요합니다. 허송세월하지 않고 목표를 세우고 의지를 갖고 일하는 젊음은 수확이 큽니다. 첫 20년은 인생의 가장 긴 절반이란 말이 있습니다. 젊음을 활기차게 펼쳐나가기를 바랍니다.

해가 뜨면 하루가 시작되는 것이고 해가 지면 하루가 끝나는 것이라고 생각한다면 바보와 같습니다. 시간은 그렇게 딱딱 끊어지는 것이 아니라 같은 궤적을 그리며 시작도 끝도 없이 이어지는 것입니다.

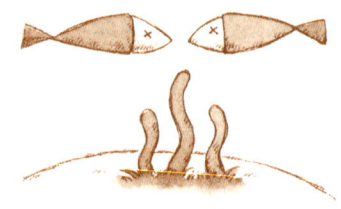

바이올린 연주자와 벽돌공

유명한 바이올린 연주자를 동생으로 둔 어느 벽돌공이 하루는 자신이 일하는 건설 회사 사장과 이야기를 나눌 수 있는 기회를 갖게 되었다. 사장은 벽돌공에게 말했다.

"그렇게 유명한 동생을 두었으니 자네는 참 좋겠군."

사장은 자신이 한 말 때문에 벽돌공이 마음을 상했을까 우려하면서 계속해서 말했다.

"물론 재능이란 것이 골고루 분배되지 않는다는 사실을 인정해야 하겠지. 심지어 같은 가족끼리라도 말일세."

벽돌공은 아무렇지 않은 듯 말했다.

"지당하신 말씀입니다. 왜냐하면 제 동생은 벽돌 쌓는 것에 대해서는 아는 게 하나도 없거든요. 다른 사람이 자기 집을 지어 주는데, 동생은 그 비용을 지불할 수 있는 형편이니 얼마나 다행스러운지 모릅니다. 만일 그럴 수 없다면 어떻게 이 험한 세상을 살아갈 수 있겠습니까? 저는 그 점에 대해서 정말 감사하게 생각합니다."

✱　✱　✱

우리 안에 감추어진 능력, 각자에게 주어진 재능을 찾아 그 가능성을 계발하고 노력한다면 자기만의 값진 보물이 되어 줄 것입니다.

세상에서 보낸 자료

세상에 살아 있을 때 호화로운 생활과 주위의 부러움을 한 몸에 받던 부자가 있었다. 부자가 죽어서 천국에 도착하자 천사가 마중을 나왔다. 천사는 부자가 앞으로 살아갈 집으로 안내하였다.

그들은 길가에 줄지어 늘어선 아름다운 저택들 사이로 지나갔다. 저택들 앞을 지나가면서 부자는 자기에게도 이런 저택 중 하나가 주어질 것이라고 생각하였다. 큰 도로를 지나 천사는 맨 끝에 이르러 걸음을 멈추었다. 그곳부터는 형편없이 낡고 작은 집들이 늘어서 있었다. 바로 그 판잣집 중 하나로 다가서더니 천사가 말했다.

"이곳이 당신이 살 집입니다."

그곳은 집이라기보다는 초라한 상자 정도에 지나지 않았다. 부자는 놀라서 소리쳤다.

"뭐라구요? 이 집에서 살라구요? 나는 이런 집에서는 살 수가 없습니다. 저쪽의 저택들을 놔두고 나더러 왜 이런 형편없는 집에서 살라고 하는 거지요?"

천사가 말했다.

"죄송하게 되었습니다. 당신이 세상에 살아 있을 때 올려 보낸 자료로는 아무리 해도 이런 집밖에는 지을 수가 없었습니다."

* * *

인간만이 가진 특징 가운데 가장 중요한 것 중에 하나가 바로 남에게 무엇인가를 베풀 수 있다는 것입니다. 그럼 남에게 무엇을 베풀 것인가.

자신이 가진 것 가운데 가장 귀한 생명을 주어야 합니다. 이것은 결코 남을 위해 자신의 생명을 포기한다는 뜻은 아닙니다. 자신의 내부에 살아 움직이는 모든 즐거움, 기쁨, 슬픔 등을 송두리째 주라는 것입니다. 대가를 바라고 주는 것이 아니라 준다는 그 자체가 무한한 즐거움이기 때문에 주라는 것입니다.

지금의 모습에 만족스러울 때 우리는 가끔 예전의 초라했던 그 모습의 나를 창피해 하거나 아니면 쉽게 잊어버립니다. 아니 잊고 싶어합니다.

하지만 우리는 그 모습 때문에 지금의 모습을 가질 수 있었던 것입니다. 때문에 자신의 가치를 찾는 것도 중요하지만 내 옆에 예전의 나와 같은 모습을 한 초라한 친구와 어깨동무를 하고 함께 어울려 살아가는 모습이 더욱 보기에 좋습니다.

삶의 향기

감나무 씨앗

어린 아들이 아버지에게 물었다.

"아버지, 대체 저는 누구죠? 또 앞으로 무엇이 될까요? 아무리 생각해도 알 수가 없어요."

아들의 엉뚱하지만 진지한 질문에 아버지는 꽤 오래 생각에 잠기더니 이윽고 아들을 불러 이렇게 말했다.

"얘야, 마당에 있는 감나무에서 감 하나만 따오렴."

아버지의 말을 들은 아들이 마당으로 나가 감을 따오자 아버지는 다시 아들에게 말했다.

"그 감을 반으로 잘라보렴."

아들이 감을 반으로 자르자 아버지가 다시 말했다.

"그래, 그 속에 무엇이 들어있지?"

"씨가 들어 있어요."

아버지가 아들의 머리를 쓰다듬으며 말했다.

"그래 됐다. 그러면 이번에는 그 씨를 한 번 잘라보렴."

아들은 아버지가 시키는 대로 씨를 잘랐다.

"그 속에 또 무엇이 들어 있지?"

아들은 이리저리 씨를 살펴보더니 대답했다.

"아무 것도 없는데요."

"바로 그것이란다. 아무 것도 들어 있지 않은 씨앗에서 이렇게 큰 감나무가 생겨났듯이 너 또한 마찬가지란다. 이 씨앗을 땅에 심지 않고 아무렇게나 내버려두면 결국 쓸모 없는 작은 씨앗에 불과하지만 땅에 심고 정성 들여 가꾸면 아름드리나무로 자라나 꽃도 피우고 열매도 맺는 거란다. 우리가 살고 있는 이 세상에는 하찮고 쓸모 없는 씨앗으로 버려지는 사람들도 있고, 아니면 아름드리 큰나무로 자라나 사람들에게 꽃과 열매를 나눠주는 사람들도 있단다. 그리고 그 선택은 바로 너 자신만이 할 수 있는 거란다."

　가만히 앉아 있으면 산에 오를 수 없는 것과 마찬가지로 가만히 있는 사람에게는 보람찬 미래가 오지 않습니다. 미래에 이루고 싶은 이상이 있으면 그 이상을 가슴에 품고만 있어서는 안됩니다. 도전과 노력으로 그 이상을 향해 나아가야 합니다. 그대를 정상으로 데려다 주는 것은 그대 자신의 발걸음뿐입니다.

수도승의 동전

한 수도승이 있었다. 옷은 해지고 신발은 낡아 비록 행색은 초라했지만 그가 가진 마음만은 이 세상의 그 누구보다 부유하고 넉넉했다.

어느 날, 수도승이 제자들과 함께 나무 그늘에 앉아 이야기를 나누고 있었는데, 술주정뱅이 걸인이 구걸을 왔다. 수도승은 아무런 말없이 마지막 남은 동전 두 닢을 걸인에게 주었다. 그것을 본 제자가 말했다.

"스승님은 오늘 한 끼도 드시지 못했습니다. 그런데 마

지막 남은 동전마저 적선을 하십니까? 더군다나 저 걸인
은 적선을 받을 자격이 없습니다. 그자는 술주정뱅이에다
가 노름꾼이란 말입니다."

제자의 말에 수도승은 오히려 그에게 물었다.

"나에게 그 동전을 갖게 해준 신보다 내가 더 훌륭하고
우월한 존재란 말이더냐? 신은 나에게 그 돈을 갖게 해주
면서 내가 술주정뱅이인지, 노름꾼인지를 따지지 않았는
데 하물며 내가 어떻게 그 걸인에게 적선을 하는데 그것을
따질 수가 있단 말이더냐!"

* * *

우리가 만족하지 못함은 우리가 생각하는 만족이 특별하기 때
문일 것입니다. 우리가 누군가에게 베풀 때는 그 베풂에 이유가
없는 것입니다. 그저 사랑일 뿐입니다.

ㅅ l 인 l 과 ㅅㅐ

작은 마을에 혼자 쓸쓸하게 살고 있는 시인이 있었다. 그런데 이 시인이 언제부터인가 목에 심한 병이 들어 고생을 하고 있었다.

하루는 그 마을에 사는 소녀가 시인의 집으로 찾아왔다. 소녀는 시인을 몹시 존경하여 평소에도 간간이 들러 이것저것 집안일을 도와주곤 했다.

소녀가 집안으로 들어가 보니 시인이 썰렁한 거실에서 딱딱한 빵을 찬 우유에 적셔 먹고 있었다. 시인이 병을 앓고 있는 사실을 알고 있던 터라 소녀가 물었다.

"선생님, 왜 찬 우유를 그냥 드세요? 목에 해로운데요."

그러면서 소녀는 벽난로로 다가가 장작을 넣고 불을 지피려고 했다. 그러자 시인이 말했다.

"그냥 두거라. 불을 피우지 않아도 된다."

"안돼요. 찬 우유를 드시면 목병이 더욱 악화될 거예요."

"괜찮다. 이제 목도 많이 나았으니 불은 피우지 말거라."

하지만 소녀는 시인이 미안해서 그러는 거라고 지레 짐작하고 불을 피우기 시작했다.

"제발 불을 피우지 말라니까!"

시인은 버럭 소리를 지른 후에 미안하다는 얼굴로 말을 이었다.

"소리를 질러서 미안하구나. 하지만 불을 피우면 안 되는 이유가 있단다. 얼마 전에 작은 새가 저 굴뚝 위에 집을 짓고 알을 낳았단다. 그런데 불을 지피면 그 새가 어떻게 되겠니?"

✽ ✽ ✽

사람의 진정한 아름다움이란 사소한 것이라도 남을 배려하는 마음, 길가에 떨어진 낙엽 한 장에 마음 아파하는 사람다운 사람이 갖추고 있는 마음속의 행복을 느끼는 것입니다.

크고 위대한 것을 추구하며 가장 화려한 삶을 꿈꾸는 사람에게는 결코 아름다운 행복은 찾아오지 않습니다.

작은 것, 느린 것, 그러나 깨끗하고 순수한 것을 마음의 눈으로 볼 수 있을 때 행복이란 게 찾아올 겁니다.

마음의 불구

수영을 무척 즐겨하던 한 남자가 전쟁에서 심한
부상을 당하여 한 쪽 다리를 잃고 말았다.

병원에서 나서자마자 그의 어머니는 그를 바닷가로 데
려갔다. 아들의 근심 어린 눈빛을 보자 어머니는 얼굴에
미소를 지으며 다정하게 말했다.

"벌써 잊었니? 넌 수영을 무척 잘했잖니!"

아들의 다리 부상은 다행스럽게도 수영에 아무런 지장
을 주지 않았다. 예전 같지는 않았지만 아들은 즐거운 마
음으로 수영을 하였고 모래밭에 누워 일광욕을 즐겼다.

그리고 다음 날, 아들은 쓸쓸하게 어머니의 얼굴을 바라

보며 이렇게 말했다.

"이제는 수영하러 가지 않겠어요. 어제는 무척 즐거웠어요. 하지만 지나가는 사람들이 모두 나를 흘끔흘끔 쳐다보았어요. 내 다리 때문이지요. 나는 장애자예요. 다시는 다른 사람들의 구경거리가 되고 싶지 않아요."

울고 있는 아들의 어깨를 잡고 어머니가 말했다.

"아들아, 너의 절룩거리는 다리는 바로 너의 용기를 증명해 주고 있는 훈장이야. 만약 네가 용감하지 않았다면 결코 부상을 당하지 않았을 거야. 그런데 왜 그게 부끄러운 상처가 된다고 생각하지? 오히려 너를 바라보는 사람들은 스스로 그런 용기가 없는 자신들을 부끄러워해야 하는 거란다. 이제 그만 바닷가로 가자."

✻ ✻ ✻

인생은 장애물 경기라고 합니다. 그러나 목적을 알고 가는 사람에게는 장애물의 의미가 달라질 것입니다.

돈이 없어 3일 굶은 사람은 자신의 비참한 현실에 세상이 미워질 것입니다. 3일 굶으면 담 뛰어넘지 않을 사람이 없다고 얘기를 합니다.

반면에 스스로 단식원에 들어가 3일을 굶었다고 생각해 본다면 자신의 굶주림에 통곡하거나 슬퍼하지는 않을 것입니다.

  무엇이 다를까요? 스스로 택한 단식과 가난으로 인한 굶주림에는 목적이 있는 것과 없는 것의 차이가 있습니다.

  비록 장애가 있더라도 목적을 알고 가는 삶, 그것이 바로 우리가 선택해야 할 삶입니다.

가슴에 계신 주님

광야에서 홀로 지내면서 기도 생활을 하는 사람이 있었다. 그는 밤새도록 말로는 표현하지 못할 만큼의 끔찍한 유혹에 시달렸다. 그는 참다못해 신에게 간절하게 기도하였다. 그러자 어디선가 목소리가 들려 왔다.

"걱정하지 말아라. 나는 이미 네 안에 들어와 있다. 지금 나는 네 가슴에 머리를 기대고 누워 있지 않더냐."

그는 미심쩍은 듯 다시 물었다.

"당신이 제 가슴에 계신다면 제 가슴이 여전히 이렇게 아픈 까닭은 무엇입니까?"

"네가 잊고 있었구나. 내 머리에는 가시관이 씌워져 있지 않더냐!"

* * *

　서정주 시인의 '국화 옆에서' 라는 시에서 그는 시련을 끊임없는 생명의 움직임으로 극복할 때 비로소 아름답고 성숙한 꽃으로 피어날 수 있음을 이야기하고 있습니다. 한 송이 꽃이 피는 것에서도 우리는 참다운 인생을 배울 수 있습니다. 세상만물 중에 의미를 갖지 않은 것은 없습니다. 꽃 한송이에도 의미가 있고 시련이 있을진대 하물며 인간에게는 더 큰 뜻과 의미가 있을 것입니다. 지금의 시련이 고통스럽고 힘겹다 할지라도 우리에게 주어진 의미를 생각하면 극복할 수 있을 것입니다.

장미꽃 다이아몬드

한 젊은 보석 세공사가 다이아몬드 원석을 구하러 다니다가 운이 좋았던지 매우 크고 빛깔이 아름다운 원석을 발견하였다. 그는 기쁜 마음으로 집에 돌아와 그 원석을 깎아내기 시작했다. 다이아몬드는 세공사가 어떻게 가공하느냐에 따라 값이 좌우되기 때문에 그는 정성을 기울여 작업에 몰두하다가 잠깐 순간에 가장 중요한 부분에 작은 흠집을 내고 말았다.

그 흠집을 깎아 내기 위해 다시 작업을 시작한다면 커다란 다이아몬드가 볼품없이 작아질 건 뻔한 이치였다. 크게 낙담한 그는 같은 일을 하는 친구들을 찾아다니며 어떤 대

212

책이 없을까 물었다.

하지만 친구들은 하나같이 고개를 저었다. 그는 한순간의 작은 실수로 큰 손해를 보게 되고 말았다. 그는 마지막으로 나이 많은 세공사를 찾아갔다.

"아무리 생각해도 방법이 없습니다. 이를 어찌하면 좋겠습니까?"

"그렇다면 이 다이아몬드를 내게 며칠 동안만 맡겨 주게. 그러면 반드시 어떤 해결책이 있을 걸세."

이렇게 해서 그 다이아몬드를 맡기고 집으로 돌아온 세공사는 며칠 동안을 뜬눈으로 지새우고 마침내 약속한 날 아침에 나이 많은 세공사를 찾아갔다.

나이 많은 세공사는 그를 보자 미소를 지으며 다이아몬드를 내 보였다. 그 다이아몬드의 흠집은 온데간데없이 사라지고 아름다운 장미꽃 한 송이가 반짝이고 있었다.

"나는 최선을 다했다네."

❋ ❋ ❋

"그대가 할 수 있는 모든 최선의 것을 행하라"여기서 최선의 것이라 함은 가치 있는 그 모든 것을 의미합니다. 할 수 있는 최선의 것을 진심으로 정성을 다해서 행하기는 결코 쉬운 일이 아닙니다. 때로는 귀찮다는 생각이 들어서 건성으로 행하거나 형식적일 경우가 많습니다. 자신이 할 수 있는 한 최선의 노력을 다한다면 보람과 기쁨도 진정한 자기 자신의 것이 됨을 발견할 수 있을 것입니다. 최선을 다하는 바보를 이기는 게으른 천재는 세상에 없습니다.

도와줄 수 없는 일

알속에서 오랫동안 기다린 새끼 새가 있었다. 알속에 있던 새끼 새는 빨리 밖으로 나가고 싶었지만 때를 기다려야 한다는 어미 새의 말에 조급한 마음을 꾹 참고 있던 참이었다.

그러다가 이제는 알속에서 나올 때가 되었다고 생각한 새끼 새가 어미 새에게 말했다.

"어머니, 이제 알을 까고 나갈까 합니다. 저는 안에서 껍질을 쪼겠으니 어머니는 밖에서 쪼아주세요. 그러면 조금이라도 빨리 나갈 수 있지 않겠어요?"

그러나 어미 새는 차갑게 말했다.

"그럴 수는 없단다. 어미인 나도 그랬고 할머니도 그랬고 할머니에 할머니도 그랬단다. 우리 조상 중에서는 밖에서 알을 깨주었던 그런 어미는 없단다. 그러니 네 힘으로 알을 까고 나오너라."

새끼 새는 어미 새의 말을 듣자 칭얼리며 말했다.

"정말 그러실 건가요? 그러다가 제가 알을 까고 나가지 못한다면 다른 새들이 어머니를 비웃지 않겠어요? 무능하고 못난 어미라고 말이에요."

어미 새가 말했다.

"얘야, 왜 내가 그런 말을 듣게 될 거라고 생각하지? 오히려 무능하고 못난 새끼라고 너를 비웃지 않겠니?"

✻ ✻ ✻

삶!
216
그것은 탄생이라 불리는 순간에 시작되어 죽음이라는 종말의 시간까지 계속됩니다. 그래요, 우리가 부여받은 것은 삶 그 자체밖에 없답니다. 나머지는 살아가는 우리 자신에게 달려 있습니다.

사랑의 방법

한 조각가가 심혈을 기울여 멋진 여인상을 완성했다. 그런데 돌로 만들어진 그 여인상이 어찌나 아름답던지 조각가는 그만 자기가 깎은 그 여인상을 사랑하게 되었다. 그는 식음을 전폐하고 그 여인상 앞에 앉아 밤이나 낮이나 고뇌와 열정에 휩싸인 눈으로 그녀를 응시했다.

조각가는 매일 간절하게 신에게 기도를 드렸다.

"이 대리석 조각의 여인이 사람이 되게 해 주십시오."

조각가의 애끓는 마음을 전해들은 신은 그의 마음에 감동하여 그 조각상에 생명력을 불어넣어 주었다.

하지만 여인상이 실제 사람이 되자 조각가는 자신이 완

행복한 바보의 지혜로운 삶

벽하게 만들어 놓은 여인의 몸매가 망가질까 염려되어 고민 끝에 그는 여인상에게 말했다.

"당신은 밖에 나가지 말고 집에만 있어야 합니다. 봄볕에 그을리거나 바람을 맞아 피부가 거칠어질지도 모르니까요."

조각가는 여인에게 먹지도 마시지도 못하게 했으며, 아무 일도 하지 못하게 했다. 그는 자신이 창조해 낸 아름다움을 그대로 보존하기 위하여 어떠한 희생도 마다하지 않았다.

이런 처지에 놓이고 보니 그 여인은 서서히 자기 주인과 같이 사는 것이 싫어지기 시작했다. 여인은 신에게 기도를 올렸다.

"조각가가 사랑한 것은 제가 아니라 자기가 만든 작품이에요. 그러니 저를 다시 예전의 조각상으로 돌아가게 해주세요."

218

＊ ＊ ＊

어떤 사랑하는 사람을 처음으로 알게 되었을 때 우리는 그가

이 세상에 존재하고 있었다는 사실에 대하여 감탄하게 됩니다. 그
런데 그 사람이 이 세상에 존재한다는 사실 하나만으로도 충분히
행복하게 느꼈던 그 고마운 마음은 얼마 안가서 시들해집니다. 그
리고는 차츰 상대방으로부터 무언가를 기대하게 되지요.

사랑은 저편으로부터 아무것도 기대하지 않았던 영혼의 경이
에서부터 시작되고, 모든 것을 탐내게 되는 자신에 대한 실망에서
문이 닫힌다는 말이 있습니다.

세상이 지금 자신 앞에서 온통 문을 닫고 있다고 느끼는 분은
안 계신지요. 그렇다면 그것이 자신에 대한 실망 때문은 아닐런
지요.

삶의 의미

미모와 명예를 다 가진 여인이 있었다. 그렇기에 그녀는 언론의 주목을 한 몸에 받기도 했다.

그러나 그런 그녀에게 병이 찾아왔다. 미모와 명예도 병을 막아주지 못했던 것이다. 병에 걸린 그녀는 하던 일을 모두 포기하고 인적이 드문 한적한 요양지를 찾아 투병생활을 시작했다.

'반드시 병과 싸워 이겨낼 거야. 그래서 다시 예전의 멋진 모습을 되찾아 사람들 앞에 서겠어.'

그러나 병이 나아지지는 않았다. 오히려 병은 점점 더 깊어지기만 했다. 두 다리는 마비되었고 한쪽 팔마저 불편해졌다. 드디어 그녀는 예전의 모습을 되찾겠다는 마음을 포기하고 말았다. 지난날의 화려함을 꿈꾸며 병과 싸울 때에는 더욱 악화되기만 했던 병이 지난날의 화려함을 잊으려고 노력하자 좋아지기 시작한 것이다.

투병 생활을 하는 수년 동안, 그녀를 찾는 사람들은 아주 많았다. 언론사 기자들을 비롯하여 많은 출판사들도 연락을 해왔다. 그녀의 투병생활을 세상에 알리고 싶다는 것이었다. 그러나 그녀는 모든 인터뷰 제의와 원고 청탁을 거절하였다.

처음에는 예전의 멋진 모습을 되찾은 후에 사람들을 만나겠다는 신념으로 만남을 거절했지만 나중에는 예전의 화려한 시절을 잊고 싶어 거절했다.

그러나 그녀의 이야기를 책으로 내고 싶어하는 절친한 친구의 거듭되는 설득에 한 잡지사와 인터뷰를 하게 되었다.

어느 화창한 여름날 오후, 그녀는 몇 년 동안의 은둔생활을 접고 마침내 기자와 마주앉았다. 어린 시절 이야기부터 성공한 사업가로서 왕성하게 활동하던 무렵의 이야기를 거쳐 길고 험난했던 투병 생활을 이야기할 때였다.

"모든 사람들과 연락을 끊고 오직 병마와 싸운 외롭고 힘겨운 투병 생활 끝에 그래도 이만큼 건강을 회복하게 된 것을 축하드립니다. 아무나 할 수 있는 일이 아니지요. 지난 날을 가만히 생각해보면 한창 화려하게 지내던 분을 이렇게 만든 불행한 운명에 대해 안타까운 마음도 드는군요."

기자가 그렇게 말을 하자 그녀는 고개를 가로저으며 말했다.

"그렇게 생각하나요? 내 생각은 달라요. 특히 불행한 운명에 대해서는 동의할 수 없어요. 내가 겪은 그 힘겨운 아픔들이 불행이라고 생각하지 않거든요. 눈앞에 닥친 불운이라도 살아가면서 얼마나 노력하고 극복하느냐에 따라 긍정적으로 바꿀 수 있다고 생각하니까요. 운명이 행운의 결과를 가져다주든, 어쨌든 그것은 인생 자체일 뿐 그 이상도 이하도 아닌 것이죠. 그런 의미에서 내게는 그 어떤 비참한 운명도 없는 것이에요. 내게는 그저 극복하고 바꾸어나가야 할 인생이 있을 뿐이지요."

그녀의 진지한 생각을 듣고 난 기자는 한동안 생각에 잠겨 있다가 다시 이렇게 물었다.

222

"방금 하신 말씀을, 당신이 지금도 여전히 삶을 즐기고 계신다는 뜻으로 받아들여도 좋습니까?"

그러자 그녀는 환하게 웃으며 대답했다.

"당연하죠. 나는 내 인생을 즐기고 있어요! 이유가 궁금한가요? 특별한 이유는 없어요. 나에게 다른 선택의 여지가 전혀 없기 때문이죠. 내 인생인데, 내가 즐기는 것 외에 다른 어떤 선택이 있을까요!"

✳ ✳ ✳

희망은 인생의 빛입니다. 눈이 보이고 태양 빛이 보여도 희망을 잃어버린 사람은 마음의 빛을 잃어버린 사람으로 그런 사람의 인생은 어둠의 연속일 것입니다. 그래서 잘 보이는 눈을 가졌으면서도 이 세상이 어둡다고 자살하는 사람도 있습니다.

희망만 있다면 지금 어떤 처지에 있든간에 앞날은 밝을 것입니다. 희망은 자동차의 헤드라이트와 같으며 용기는 엔진과 같습니다. 희망으로 앞날을 비추면서 용기로써 전진해 간다면 설령 지금은 어두운 환경에 있을지라도 앞날은 반드시 좋은 세계로 나아가게 될 것입니다.

최상의 행복

깊은 산 속 조그만 암자에 마음의 즐거움이 곧 최상의 행복이라는 것을 깨달은 수도승이 있었다.

어느 날, 수도승이 마을로 탁발을 내려왔다가 마침 그 마을의 잔칫집에 들르게 되었다.

마을 사람들은 수도승을 위해 자리를 마련하고 빙 둘러 앉았다.

수도승이 마을 사람들에게 물었다.

"이 세상에서 가장 즐거운 것은 무엇이겠습니까?"

"술이 아닐까요?"

"노래가 아닐까요?"

"돈이라고 생각합니다."

"무엇보다 사랑이 제일이지요."

그렇게 한참을 떠들던 사람들이 어느 순간 수도승을 일제히 바라보았다. 사람들의 시선을 의식한 수도승이 자리에서 일어나며 나직하게 말했다.

"여러분들이 즐겁다고 생각하는 것은 알고 보면 처음에는 즐겁지만 나중에는 괴롭기만한 고통의 원천이랍니다. 진정한 즐거움이란 마음이 가난해서 욕심이 없고 행실을 바르게 해서 선행을 쌓는 것이랍니다."

＊　＊　＊

세 명의 여행객이 호텔 엘리베이터 고장으로 30층까지 걸어 올라가야 했습니다. 이들은 30층까지 올라가는 고통을 잊기 위해 각자 가장 행복했던 일들을 이야기하기로 했습니다.

한 사람은 애정에 대해, 또 한 사람은 재물에 대해, 또 나머지 한 사람은 식도락에 대해 이야기를 했습니다.

이렇게 이야기를 하며 간신히 30층에 다 올랐을 때, 누군가가 말했습니다.

"아차, 객실 열쇠를 안 가지고 왔잖아!"

물질이나 쾌락에 열중하며 살다보면 가장 중요한 것을 잊을 수 있습니다.

태양과 아궁이

많은 신하들 중에서 유독 한 신하의 말만을 믿는
군주가 있었다. 왕은 그 신하로 하여금 국정을 맘대로 휘
두르게 하고 있었기 때문에, 수많은 비리가 행해졌고 백성
들의 원망도 높았다. 이를 안타깝게 여기던 선비 하나가
왕을 찾아갔다.

그는 왕 앞에 가서 말했다.

"전하, 어제 제가 신통한 꿈을 꾸었습니다."

"어떤 꿈을 꾸었느냐?"

"어젯밤 꿈속에서 아궁이를 보았는데, 오늘 이렇듯 전
하를 뵙게 되었습니다. 이 어찌 신통하지 않다고 하겠습니까?"

그러자 왕이 화를 내며 말했다.

"그렇다면 내가 아궁이란 말인가? 나를 만나려면 꿈속에서 태양을 보아야 하거늘."

그러자 선비는 고개를 저으며 이렇게 말했다.

"태양이란 온 천하를 두루 비추는 것으로써 그 어떤 것도 태양을 가릴 수는 없습니다. 왕 또한 한 나라를 두루 비추기 때문에 단지 한 사람이 그 빛을 가릴 수 없는 이치입니다. 그러나 아궁이는 누군가가 그 앞에 앉아서 불을 쬐면 그 사람 때문에 뒷사람들은 아궁이의 불을 쬘 수가 없게 됩니다. 지금 혹시 누군가가 전하를 가리고 있는 것이 아닌지요. 그래서 제가 아궁이 꿈을 꾸었는지도 모르겠습니다."

✳ ✳ ✳

먼저 좋은 나무가 되면 좋은 열매는 따라서 저절로 맺게 되는 법입니다. 그러나 세상 사람들은 좋은 열매만 많이 따려는 것처럼 위대한 사람이 되려고만 애쓰지 먼저 좋은 나무가 되려고 하지 않습니다.

장미꽃을 피운 가시나무

냄새나는 도랑가에 한 그루의 가시나무가 살고 있었다. 그 옆을 지나가던 정원사가 가시나무를 파내기 시작했다.

'이 사람이 지금 뭐하는 거지? 내가 쓸모 없는 가시나무인 줄 모르고 있는 거 아닐까?'

정원사는 가시나무를 정원으로 옮겨가서 꽃나무 사이에 심었다. 그러자 가시나무는 중얼거렸다.

"이 사람은 뭔가 크게 실수를 하고 있군. 나 같은 가시나무를 이런 훌륭한 장미 사이에 심다니…"

다음날, 정원사는 예리한 칼을 가지고 가시나무 앞으로

왔다. 그리고는 가시나무 가지를 자르고 그 위에 장미의 돋아나는 순을 접붙임했다.

드디어 여름이 오니 예쁜 장미꽃이 가시나무에서 피었다. 가시나무는 자신의 멋있는 모습을 보며 우쭐거리며 옛날 자신의 쓸모 없던 모습은 잊어버렸다.

그래서 정원사가 가시나무에게 조용히 일러주었다.

"너의 아름다움은 너 자신 속에서 나온 것이 아니라 내가 너에게 만들어준 아름다움이란다."

✻ ✻ ✻

지금의 모습에 만족스러울 때 우리는 가끔 예전의 초라했던 그 모습의 나를 창피해 하거나 아니면 쉽게 잊어버립니다. 아니 잊고 싶어합니다.

하지만 우리는 그 모습 때문에 지금의 모습을 가질 수 있었던 것입니다. 때문에 자신의 가치를 찾는 것도 중요하지만 내 옆에 예전의 나와 같은 모습을 한 초라한 친구와 어깨동무를 하고 함께 어울려 살아가는 모습이 더욱 보기에 좋습니다.

촛불의 배움

한 노인이 현자를 찾아가 말했다.

"제 나이가 벌써 일흔입니다. 살면서 숱한 고난을 겪었지요. 어릴 적부터 저는 배우지도 못하고 일만 하여야 했습니다. 이제는 자식들이 제 일을 대신 해주어 한결 편해졌습니다. 그래도 한 가지 아쉬움 때문에 이렇게 찾아왔습니다. 저는 정말로 공부가 하고 싶습니다. 어려운 책도 읽고 싶습니다. 하지만 너무 늦지 않았는지 두렵습니다."

231

"나이의 많고 적음은 공부와 상관이 없습니다. 그럼에도 불구하고 늦었다는 생각이 든다면 촛불을 켜보십시오."

"촛불이라니요? 무슨 말씀이십니까?"

노인이 영문을 몰라 되묻자 현자가 대답했다.

"젊은이의 배움은 미지의 어둠을 물리치며 서서히 찾아오는 여명의 아침 햇살과 같고, 중년의 배움은 정오의 뜨거운 햇볕을 받는 것과 같고, 황혼의 배움은 촛불의 빛과 같다고 하였습니다."

현자는 직접 초를 가져와 촛불을 켜더니 조용한 어조로 노인에게 말했다.

"보십시오. 촛불은 비록 멀리까지 비추지는 못하지만, 깜깜한 어둠 속에서 앞을 보지 못해 이리저리 체이고 넘어지는 걸 막아 주기에는 충분히 환한 빛입니다."

* * *

차일피일 미뤄두었던 일이 있으면 지금 시작하십시오. 오늘이 지나면 그 일을 시작할 기회가 없을지도 모릅니다. 꼭 이루고 싶은 소망이 있다면 목표를 향해 지금 행동으로 옮기십시오. 오늘이 지나면 간절하게 소망하던 일이 한순간의 공상으로 끝날지도 모릅니다.

소나무의 가르침

소나무 씨앗 두 개가 있었다. 하나는 바위틈에 떨어지고 다른 하나는 흙 속에 묻혔다.

흙 속에 떨어진 소나무 씨앗은 싹을 내고 쑥쑥 자라났다. 그러나 바위틈에 떨어진 씨앗은 조금씩 밖에 자라지 못하였다.

흙 속에서 자라나는 소나무가 말했다.

"날 보라니까. 나는 이렇게 크게 자라는데, 너는 왜 그렇게 조금씩 밖에 못 자라니?"

바위틈의 소나무는 아무 말도 하지 않고 깊이깊이 뿌리만 내리고 있었다.

그런데 어느 날, 비바람이 몰아쳤다. 태풍이었다. 산 위에 서 있는 나무들이 뽑히고 꺾어지고 있었다.

바위틈에서 자라나는 소나무는 꿋꿋이 서 있는데, 흙 속에 있는 나무는 뽑혀 쓰러지고 말았다.

그러자 바위틈에 서 있던 소나무가 말했다.

"왜 내가 그토록 모질고 아프게 살았는지 이제는 알겠지? 뿌리가 튼튼하려면 아픔과 시련을 견뎌내야 하는 거야."

* * *

우리에게 커다란 기쁨을 안겨 주는 일은 모두 고통의 순간을 거친 뒤라고 해도 과언이 아닙니다. 우리는 살아가면서 고통의 저 끝 한자락에는 기쁨이 있을 거라는 믿음이 있기 때문에 가슴 한 켠에 희망의 보금자리를 틀어쥐고 살아갈 수 있답니다.

현명한 바보

한 왕이 현명하다고 자부하는 신하들만을 데리고 있었다. 그런데도 늘 국정이 잘 안 풀리고 민심도 좋지 않아 그 이유를 연구해 보았더니 어리석은 신하가 필요하다는 결론이 나왔다. 현명한 사람으로는 균형이 맞지 않는다는 것이었다. 그래서 수소문하여 어리석은 사람을 데려오게 되었다.

왕은 그가 정말 쓸모없고 어리석은지 시험해보기 위해 문제를 냈다.

"궁전에서 열 사람의 바보를 찾아 그 어리석은 순서대로 명단을 만들어 제출하라."

왕은 어리석은 사람에게 일주일의 시간을 주었다. 7일째 되는 날, 왕이 물었다.

"명단은 작성했는가?"

"예"

왕은 호기심을 느꼈다.

"누가 첫 번째인가?"

"바로 당신입니다."

왕은 화가 났다.

"아니 어째서냐? 그 이유가 무엇이더냐?"

"저는 어제까지 첫 번째 바보를 찾아내지 못했습니다. 그런데 당신이 어제 한 신하에게 수백만 루피를 주면서 먼 나라에 가서 귀한 보석을 사오라고 하는 것을 보고 당신으로 결정했습니다. 제 생각에 그는 다시 돌아오지 않을 것입니다. 그런데도 당신은 그를 믿었습니다. 그러니 당신은 바보임에 틀림이 없습니다. 바보들이나 믿으니까요."

"좋다. 그럼 그가 돌아오면 어찌하겠느냐?"

바보는 대답했다.

"그럼 당신의 이름을 지우고 대신에 그 신하의 이름을 적어 놓겠습니다."

＊ ＊ ＊

    바보라는 병을 고치는 약은 없습니다. 무식한 사람은 자신의 일을 잘 모르기 때문에 자신에게 무엇이 부족하며 무엇을 배워야 하는지를 알려고도 하지 않습니다. 자기 자신을 매우 지혜로운 사람이라고 믿는 생각만 바꾼다면 현명한 사람으로서 세상에 이름을 남길 수도 있습니다.

꿈같은 삶

도술이 뛰어난 도인이 주막에서 쉬고 있는데 행색이 초라한 한 청년이 옆자리에 앉아 술을 마시며 자신의 신세 한탄을 늘어놓았다. 한참 그렇게 한탄을 하던 청년은 술에 취해 그대로 잠이 들었고, 물을 길으러 우물가로 가던 주막집 주인이 청년의 모습을 보고 한심하다는 듯이 혀를 끌끌 찼다.

도인은 무슨 생각이 들었는지 자신의 보따리 속에서 베개를 꺼내더니 청년의 머리를 받쳐주었다.

잠이 든 청년은 이상한 꿈을 꾸게 되었다.

꿈속에서 부잣집 딸과 혼인을 하고 잘생긴 아들을 내리

세 명을 낳았다. 그리고 과거에 급제한 후 정승의 자리에까지 올랐다.

그런데 어느 날, 청년은 다른 신하의 음모에 빠져 역적으로 몰리게 되었고, 마침내 사약을 받고 죽을 운명에 처하게 되었다. 사약을 앞에 둔 청년은 지난날을 회상하며 탄식을 하였다.

"고향에서 농사나 짓고 살았더라면 이렇게 억울하게 죽임을 당하지는 않았을 텐데…. 부귀와 영화가 이렇듯 덧없는 것을 무엇 때문에 그렇게 안달을 했던고. 지난날이 한없이 그립구나. 하지만 이제 와서 후회한들 무슨 소용이 있을까!"

말을 마친 청년은 눈물을 흘리며 사약이 든 사발을 두 손으로 받쳐들고 마시려 하는 순간 잠에서 깨어났다.

청년은 놀라 자리에서 일어나 주위를 둘러보았다. 다행히 사약 사발은 보이지 않았으나 아름다운 아내와 자식이 없다는 사실이 조금은 씁쓸한 듯 허망한 표정을 지었다.

옆에 앉아 있던 도인이 청년에게 말했다.

"이제야 알겠는가? 인생이 그토록 허망하다는 것을…"

주막집 주인은 아직도 우물에서 물을 긷고 있었다. 청년이 꿈에서 일생을 보낸 시간이 주막집 주인이 한 양동이의 물을 긷는 시간조차도 안 되었던 것이다.

* * *

바쁜 생활에 쫓기는 현대인에게 살아있음의 의미를 묻는다는 것은 사치일지도 모릅니다. 무엇을 위해서 사는지, 어떻게 살아야 하는지 뒤돌아볼 사이도 없이 인생은 흘러가는 것입니다.

그러나 그대가 그대의 삶을 참으로 가치 있게 살고 싶다면 살아 있음의 의미를 한 번쯤 되새겨 보는 게 좋을 것입니다. 살아 있다는 것 때문에 삶이 신비롭게 느껴지고, 삶이 신비롭기에 낭비하며 살아버릴 수는 없는 것입니다.

폭군과 선군

옛날 어느 나라에 학식과 명망이 뛰어난 한 성인
이 살고 있었다. 그런데 그 나라의 왕은 폭군으로서 간신
들에게 둘러싸여 매일같이 주색잡기에 빠져 도무지 국정
을 돌보지 않을 뿐만 아니라 옳은 말을 하는 충신들을 모
두 귀향을 보내거나 죽이기가 예사였다.

한동안 이 문제로 고심하던 성인은 어느 날, 죽음을 각
오하고 왕을 찾았다. 성인은 일부러 구멍난 신발을 신고
남루하기 짝이 없는 옷차림으로 궁궐로 향했다.

평소에도 성인을 눈엣가시로 보아 탐탁하지 않게 여겼
던 왕은 제 발로 찾아온 성인을 보고는 이번 기회에 아예

죽여 버리려고 마음을 먹었다.

이윽고 성인은 왕 앞에 무릎을 꿇고 앉았다. 왕은 남루하기 이를 데 없는 성인의 행색을 보고 비웃듯이 물었다.

"선생은 학식과 명망이 자자한 사람인데 어째서 행색이 그렇듯 남루하오?"

성인이 조심스럽게 입을 열었다.

"저의 행색이 비록 남루하나 마음까지 초라한 것은 아닙니다. 무릇 선비가 본연의 도를 실천하지 못할 땐 그 마음을 일러 초라하다고 하지, 남루한 옷차림은 단지 가난한 것에 불과할 뿐입니다. 말하자면 때를 만나지 못한 까닭입니다.

원숭이를 보면 그 이유를 알 수 있을 것입니다. 원숭이는 자기가 올라간 나무가 위태로우면 이리저리 눈치를 살피며 두려움에 온 몸을 부들부들 떱니다. 그렇지만 안전하고 편한 나무에 올라갔을 때는 천하의 뛰어난 명궁이라 할지라도 원숭이를 제대로 쏘아 맞출 수는 없지요. 제아무리 기량이 훌륭하다 해도 있는 곳이 위험하면 그 기량을 제대로 발휘하지 못한다는 이치입니다.

포악한 왕이나 간신들이 나라를 다스린다면 그 나라의 국민들은 위태로운 나무에 올라간 원숭이처럼 불안하고 힘들어 결국 지쳐 병들지 않을 재간이 없습니다. 더군다나 충신이 죽거나 귀향을 가는 나라라면 더욱 그러하겠지요."

잠자코 이 말을 듣고 있던 왕은 무언가 깨달은 바가 있어 성인을 그대로 돌려보냈다.

이후 왕은 간신들을 모두 사형에 처하고, 귀향 보낸 충신들을 다시 불러 올려 국정을 돌보는 데 남은 생을 바쳤다.

✻ ✻ ✻

하루에 세 번은 꼭 자신을 돌아보는 습관을 들이십시오. 아침에 일어나면 세수하고, 집안을 청소하고, 손이 더러우면 곧 씻을 줄 알면서도 마음에 낀 때는 씻을 줄 모르는 게 우리 인간입니다. 아침에 일어나서는 지난 밤에 잠자리를 돌이켜 보고, 점심을 먹고 나서는 하루 일과에 대한 자신의 과오를 돌이켜 참회하고, 저녁을 먹고 나서는 인생과 삶에 대해서 참회해야 합니다.

은행나무의 시련

우람한 위용을 자랑하며 당당하게 서 있는 은
행나무가 있었다. 천년을 한결같이 제자리에 서서 계절에
맞춰 잎을 피우고 그늘을 드리우다가 가을이 되면 노란 은
행을 주렁주렁 매달았다. 사람들은 은행나무 아래를 지날
때마다 언제나 그 고마움에 찬사를 아끼지 않았다.

그런 은행나무의 당당한 위용과 사람들의 찬사를 질투
한 신들이 모였다. 천둥과 번개의 신, 눈과 비의 신, 바람
과 우박의 신들은 한곳에 모여 은행나무를 쓰러뜨리자고
의견을 모았다.

제일 먼저 천둥과 번개의 신이 천둥으로 은행나무에게

두려움을 주고 번개로 가슴을 내리꽂아 그을린 검은 상처를 냈다.

다음에는 눈과 비의 신이 얼음보다 차가운 폭설을 내려 은행나무의 가지를 부러뜨리고 홍수를 일으켜 밑둥치의 흙을 모조리 쓸어버렸다.

마지막으로 바람과 우박의 신이 세찬 강풍을 일으켜 은행나무의 뿌리를 뽑으려고 안간힘을 썼다. 그리고 우박을 퍼부어 사정없이 추위에 떨게 하였다.

마침내 지옥 같은 밤이 지나고 아침이 밝았다. 태양이 화사한 빛으로 세상을 비추었을 때 신들은 놀라고 말았다. 어제와 마찬가지로 아니 어제보다 더 늠름한 모습으로 은행나무가 그 자리에 우뚝 서 있었던 것이다.

은행나무는 아무렇지도 않은 듯 빙그레 웃으며 신들에게 말했다.

"이 세상에 험한 고난과 시련이 없이 살아가는 이가 어디 있겠습니까? 모두들 고난과 시련을 견디며 살아갑니다. 지금 내가 어제보다 더 밝게 웃을 수 있는 이유는 고난과 시련을 견디고 이겨냈기 때문입니다."

* * *

진주가 조개 속에서 생긴다는 사실은 누구나 잘 알고 있습니다. 그러나 진주를 만들기 위한 조개의 아픔을 아는 사람은 드물 것입니다. 아름다운 진주는 그냥 만들어지는 것이 아니라 오랜 세월 동안 숱한 고통의 기다림 속에 탄생되는 것입니다.

하찮은 모래알이 진주로 바뀌듯이 어떤 고난을 전화위복의 기회로 삼는다는 것은 물론 말처럼 쉽지는 않습니다. 아무 조개나 진주를 갖고 있지 않은 것처럼 그것은 아무한테나 오는 것이 아니고 또한 뼈를 깎는 노력 없이는 어림도 없는 일이기 때문입니다.

특별한 사람

어느 날 한 부부가 신부님을 찾아갔다.

"우리는 이제 서로에게 진절머리가 납니다."

"아니, 어쩌다가 그렇게 되었습니까?"

부부가 대답했다.

"아마 서로에게 너무 평범한 사람이 되어버려서 그런 게 아닐까 싶어요. 한때는 우리도 상대방에게 서로 특별한 사람이었는데 지금은 전혀 아니거든요."

가만히 듣고 있던 신부가 대답했다.

"나폴레옹도 바지가 엉덩이에 끼었을 때는 아내 조세핀에게 전혀 영웅으로 보이지 않았을 겁니다. 어디 그뿐입니까? 머리를 높이 올려 묶은 잔다르크의 머리카락이 다 빠져나와 헝클어진 모습도 여걸이라고 보기에는 힘들 었답니다."

"그래도 나폴레옹이나 잔다르크는 특별한 사람이 아니 던가요?"

"특별한 사람이라도 언제나 위대하고 대단해 보이는 것은 아닙니다. 슬리퍼를 침대 아래 둔다는 게 그만 너무 깊숙이 넣어 다음 날 아침에 바닥에 얼굴을 붙이고 침대 밑을 휘젓고 있는 시저는 전혀 특별한 사람처럼 보이지 않았습니다. 하지만 슬리퍼가 침대 밑에 들어갔다면 아무 리 특별한 사람이라 할지라도 그렇게 할 수밖에 없지 않 습니까?"

신부는 여자를 바라보며 말을 이었다.

"아드님이 여덟 살이라고 하셨죠? 갓난아이이던 그 아 들이 고열로 사흘 밤낮을 칭얼거리며 보챌 때 그 아이를 당신과 함께 끈기 있게 돌본 사람은 지금 당신 옆에 있는 남편이 아니었나요?"

"네, 물론 그렇지요."

이번에는 신부가 남자를 바라보며 물었다.

"질 게 뻔한 카드 게임에 휘말려 월급을 반이나 잃고 처

진 어깨로 집에 돌아왔을 때 당신에게 용기를 준 사람이 지금 당신 옆에 있는 아내가 아니었습니까?'

"네, 그렇습니다."

신부는 다정하게 말했다.

"이제 두 사람은 무릎을 꿇으십시오. 그리고 손을 맞잡으십시오."

신부는 그들이 지난날을 회상하며 서로에 대한 사랑이 다시금 되살아나 눈물을 흘릴 때까지 그들을 위해 기도했다. 그런 다음 신부는 그들을 향해 말했다.

"저는 당신들을 진정 특별한 사람이라고 부르고 싶습니다."

＊ ＊ ＊

당신이 싫어하는 사람의 특징을 적어보십시오. 그 중 당신에게도 해당하는 특징이 몇 개나 있는지 생각해 보십시오. 당신의 비판과 판단이 생각보다 당신을 더 잘 보여준다는 사실을 알게 될 것입니다. 당신의 그 판단이 당신의 단점을 고칠 방법을 알려주는 중요한 정보가 될 것입니다.

앉은뱅이의 고행

어느 날 중국을 여행하던 한 외국인이 우연히
오른쪽 팔을 들고 어디론가 가고 있는 앉은뱅이를 보게 되
었다. 마치 나뭇가지처럼 팔을 뻗고 있는 앉은뱅이가 너무
나 가련해 보였다.

그래서 외국인은 그에게 다가가 사연을 물었다.

"저는 오래 전에 이 오른손으로 죄를 지었습니다. 그래
서 그 죄값을 치르기 위해 이렇게 고행하고 있습니다. 이
발도 좋지 못한 곳에 갔기 때문에 그 벌로 이렇게 앉은뱅

이로 만들었습니다.”

외국인은 그에게 다시 물었다.

“그러면 몇 해 동안이나 이렇게 고행하셨습니까?”

“금년이 꼭 12년이 되는 해입니다.”

“그러면 이렇게 고행을 얼마나 더 해야 합니까? 그리고 지금 어디로 가고 있는 건가요?”

“앞으로 12년은 더 고행을 해야 하고 저는 지금 티벳의 라마교 본산에 가고 있습니다. 거기서 죄를 없애고자 합니다.”

서둘러 움직이는 앉은뱅이를 바라보며 외국인은 조용히 혼잣말을 하였다.

“24년 동안 한 손을 들고 생앉은뱅이가 되어 고행을 한다고 죄의 사함을 받을 수는 없지 않은가! 죄를 지은 것은 손과 발이 아니거늘…”

❈ ❈ ❈

과거의 사람은 패배를 바라보고, 미래의 사람은 희망과 승리를 바라본다. 어제의 사람은 과거에 연연해 한숨만 쉬지만, 내일의 사람은 미래에 대한 기대 속에서 일에 몰두한다.

몸은 현재에 있으면서 과거에 얽매이는 것은 쓸모 없는 일이다. 또 과거에 어떤 과오가 있었다 해도 그것을 반성한 이후에 새 출발을 해야 한다. 과거에 연연해하는 사람에게는 더 이상의 발전이 없을 것이다.

또 다른 5분

어느 날 오후 운동장 가까이에 있는 한적한 공원에 한 여인이 중년의 남자와 나란히 앉게 되었다. 여자는 빨간 스웨터를 입고 미끄럼을 타고 있는 작은 소년을 가리키며 말했다.

"저기 보이는 저 아이가 제 아들이에요."

"아주 귀엽게 생긴 사내 아이군요. 저기 푸른색 스웨터를 입고 그네를 타고 있는 아이가 제 아들입니다."

253

남자는 아주 자랑스럽다는 듯이 아이를 쳐다보며 말한 다음 손목 시계를 들여다보더니 아이를 향해 소리쳤다.

"이제 집으로 돌아가자."

그러자 아이는 아버지를 쳐다보며 애원하듯 말했다.

"아빠, 5분만 더 놀게요. 딱 5분만요."

남자는 고개를 끄덕였고 아이는 만족스러운 표정을 지으며 계속 그네를 타고 놀았다. 약속한 시간이 지나자 아버지는 자리에서 일어나 다시 아들을 불렀다.

"이제는 그만 집으로 돌아가자."

"아빠, 5분만. 정말 이번이 마지막이에요."

"그러자꾸나."

그때까지 옆에 앉아서 이들의 대화를 계속 듣고 있던 여인은 이런 아버지는 처음 보았다는 듯이 말했다.

"세상에, 참 참을성이 많은 아버지군요."

그러자 남자는 쓸쓸한 미소를 지으며 말했다.

"제 큰 아이가 작년에 자전거를 타고 놀다가 사고로 죽고 말았습니다. 그때까지 전 그 아이와 같이 놀아 준 적이 없었죠. 이제는 단 5분만이라도 그 아이와 놀아 주고 싶어도 이미 그 아이는 이 세상 아이가 아니랍니다. 그 후 지금 저 아이에게만큼은 똑같은 실수를 하지 않으리라 맹세를 하였죠. 지금 저 아이는 5분 동안 그네를 더 탈수 있다고 생각하면서 놀고 있겠지만 제가 저 아이의 노는 모습을 지켜볼 수 있는 시간을 5분 더 벌은 셈이랍니다."

✻ ✻ ✻

동물 중에 코끼리는 자신의 죽음, 자신의 최후를 남에게 보이지 않는다고 합니다. 늙은 어미 코끼리가 새끼와의 정을 떼기 위해서 난폭하게 굴다가 새끼 몰래 다른 곳에서 죽음을 맞이한다고 합니다.

어미의 죽음을 보고 가슴 아파할 새끼를 생각한 어미의 애절한 사랑이야기입니다. 하물며 인간이 동물보다 나은 점이 있다면 무엇이겠는지요.